**L'Ukraine est le théâtre de la revanche fratricide et mortifère des dirigeants de la Russie sur l'effondrement de leur empire sur lui-même, trois décennies plus tôt, comme s'il s'agissait d'une victime expiatoire. Incapables d'analyser les causes réelles de la chute de la forme russo-soviétique de leur État, ils ont encore moins compris la consolidation nationale de l'Ukraine et des autres républiques périphériques, où ils n'ont cru voir que l'effet sournois d'une intrigue américaine.**

Ils y répondent avec les catégories diplomatiques du XIXe siècle – les sphères d'influence – et les tactiques militaires du XXe siècle – celles de la guerre totale pratiquée par Hitler et Staline.

Les Ukrainiens résistent et, avec leur conviction inébranlable, ils défendent leur nation. Les partisans de 2022 usent de leur ingéniosité et du téléphone portable comme arme de poing. Mais quels sont les cartes et les récits, les batailles et les scénarios de ce « duel à une plus vaste échelle » qu'est la guerre ?

Si l'issue réelle sur le terrain est inconnue, l'enjeu pour les Ukrainiens d'abord et, par voie de conséquence, pour les Européens, mis au défi du « plus jamais ça », est sans nul doute de remporter ce duel. L'une des conditions est que nous cessions, en France, de voir l'Ukraine comme l'arrière-cour du Kremlin, une monnaie d'échange sans histoire propre dans la difficile interaction européenne avec la Russie. Cette nation méconnue se bat pour s'émanciper, pour se voir reconnue comme souveraine et libre et pour prendre la place qu'elle revendique sur la carte de notre Europe.

J'ai arpenté ces contrées d'Europe médiane et orientale depuis une trentaine d'années[I], beaucoup conversé avec des stratèges et des géographes russes, lesquels me confiaient déjà, il y a un quart de siècle, dans le jardin de l'université Lomonossov à Moscou, le caractère inacceptable pour eux des extensions géographiques, non concertées avec Moscou, des institutions euro-atlantiques ; les échanges avec des diplomates polonais et des politiciens ukrainiens, tous soucieux de transition géopolitique et démocratique, ont été constants ; enfin à Riga, en tant qu'ambassadeur de France, dans la période d'adhésion à l'Union européenne et à l'Alliance atlantique, il m'a fallu percer la stratégie russe en faveur des « compatriotes » russophones et déjouer l'arrogance propagandiste du grand frère qui entretenait la peur d'un retour en arrière.

# I. LA CARTE ET LA GÉOGRAPHIE DU DUEL

*La Russie ne sait pas vraiment où elle commence, ni où elle finit. Dans l'Histoire, la Russie s'est étendue et rétractée. La plupart des conflits trouvent leur origine dans des querelles de frontières et dans la conquête ou la perte de territoire. Le jour où nous conviendrons dans le calme où termine l'Union européenne et où commence la Fédération russe, la moitié de la tension entre les deux disparaîtra*[2].

Václav Havel

## 1. LA LIGNE DE FRACTURE

Dans un entretien intitulé « Il est nécessaire de poser des questions dérangeantes à M. Poutine », publié en 2005 dans *Le Monde*, Václav Havel, une des figures de proue de la révolution de Velours qui abattit le régime communiste, président de la République fédérale tchèque et slovaque (1989-1992) puis de la République tchèque (1993-2003) après le divorce lui aussi « de velours » entre les deux nations sœurs, décrivait en ces termes la situation de l'Ukraine :

*La ligne de fracture, en fait, longe l'Ukraine. L'Ukraine est un grand pays, et pendant longtemps elle ne semblait pas savoir où se situer. Les derniers événements ont, je crois, une très grande signification historique*[3]. *Quinze ans après la chute du Mur, l'Ukraine semble indiquer aujourd'hui qu'elle incline vers le monde euro-atlantique.*

> *Je n'ai pas l'impression que les Occidentaux aient réalisé la portée de la « révolution orange ». Le président* [polonais] *Kwaśniewski en a vraiment saisi l'importance, mais je ne suis pas sûr que ce soit le cas pour les institutions européennes*[4].

Václav Havel pointait déjà un triple enjeu. Un enjeu politique dans le monde post-communiste : la mise en place d'un régime démocratique en Ukraine qui n'en avait pour ainsi dire jamais fait l'expérience historique ; territorial dans l'espace post-soviétique : les frontières de la Fédération de Russie après la fin russo-soviétique de l'empire redessiné par Staline ; géopolitique enfin : la compréhension de la situation de l'Ukraine par les pays de l'Union européenne – la Pologne exceptée, qui venait d'y adhérer l'année précédente.

En février 2022, l'agression guerrière de la Fédération de Russie visait à la fois à détruire le régime démocratique du président élu, Volodymyr Zelensky, et à entreprendre la conquête, qualifiée de « libération », d'une partie orientale et méridionale de l'Ukraine, à défaut d'avoir pu tout absorber sous la houlette d'un gouvernement fantoche clone de celui de Loukachenka[5] en Biélorussie.

L'Ukraine se trouve bien sur la ligne de fracture, depuis le jour de son indépendance en 1991[6], laquelle fut pourtant concertée avec les dirigeants de la Russie et de la Biélorussie.

## 2. LA CARTE MENTALE DU DUEL

Lorsque le Falcon gouvernemental commença sa descente vers l'aéroport de Borispol, au sud de la capitale ukrainienne Kyïv[7] – que l'on appelait en 1998 encore couramment Kiev –, je signalai à Hubert Védrine, ministre des Affaires étrangères du gouvernement Jospin, le tracé du Dniepr ou Dniepro, visible par le hublot de gauche. Il me demanda alors où se situait sa source. Elle se situe dans les collines du Valdaï, près de Smolensk, sur la ligne de partage des eaux entre le bassin hydrographique de la mer Baltique et le bassin de la mer Noire. Le Dniepr occupe une place éminente dans la longue histoire de cet isthme entre l'Eurasie et la péninsule européenne.

Hubert Védrine avait été mandaté par Jacques Chirac pour préparer la première visite officielle d'un président français dans l'Ukraine indépendante, présidée par Leonid Koutchma. Elle eut lieu le 3 septembre 1998. L'Ukraine était alors éprouvée par la crise financière russe. Jacques Chirac s'engagea pour un soutien du Fonds monétaire international et encouragea son homologue à poursuivre les réformes et à se rapprocher des pays européens qui n'étaient pas membres de la Communauté européenne, tout en faisant référence à ses relations avec l'Alliance atlantique et à son rôle dans la nouvelle architecture de sécurité. Les ingénieurs français travaillaient déjà aux études préliminaires à la conception d'un sarcophage entourant la centrale nucléaire de Tchernobyl.

Jacques Chirac souligna à cette occasion que l'Ukraine avait su se rapprocher de ses voisins, et d'abord de la Russie, dans une perspective de coopération et de partenariat, après avoir rappelé son renoncement aux armes nucléaires de longue portée, héritées de la période soviétique et transférées en Russie en échange du respect par celle-ci de la souveraineté et de l'intégrité territoriale de l'Ukraine. Le Mémorandum de Budapest qui l'a formalisé avait été signé quatre ans plus tôt. C'était du reste la condition principale posée par la France à sa reconnaissance de l'indépendance de l'Ukraine[8], proclamée dans la foulée de la dislocation de l'Union soviétique. Le président ukrainien Leonid Kravtchouk en fut l'un des trois acteurs, avec le Russe Boris Eltsine et le Biélorusse Stanislaw Chouchkievitch, constatant que l'Union soviétique avait cessé d'exister comme réalité géopolitique, selon les termes mêmes de leur communiqué.

Revenons quelques semaines avant le voyage du président français. Nous sommes le 23 juillet 1998. En ville, le climat continental porte la température à plus de 35°. Selon l'usage, le ministre Védrine dispose d'un dossier complet sur la situation en Ukraine préparé par la direction d'Europe continentale (crise économique, déficiences de l'État de droit, corruption, rôle croissant des oligarques qui s'approprient les puissantes infrastructures industrielles du pays). Conseiller en charge des affaires politico-stratégiques dans son cabinet, recruté pour diffuser des analyses géographiques des régions en crise ouverte ou potentielle, j'y avais ajouté une note brève présentant la vision qui commençait à s'imposer dans plusieurs cercles du gouvernement ukrainien, notamment chez son homologue Borys Tarassiouk.

Elle était directement inspirée des chapitres dédiés à l'Europe dans l'ouvrage de Zbigniew Brzezinski, publié l'année précédente sous le titre français *Le Grand Échiquier*[9]. La thèse centrale du géopoliticien américain d'origine polonaise consistait à dire que, sans l'Ukraine, la Russie cesserait d'être un empire en Eurasie. Il convenait donc, selon l'auteur, de hâter cette évolution en rapprochant le nouvel État des structures que l'on commençait à nommer « euro-atlantiques ».

Lors du déjeuner, le ministre ukrainien ne manqua pas de présenter « sa » vision du rôle de l'Ukraine dans la nouvelle architecture de sécurité de l'Europe. Averti, Hubert Védrine put rétorquer que ce schéma était de conception américaine et que l'échelle plus strictement européenne de l'avenir de l'Ukraine devait avoir la priorité. Il est vrai qu'à cette époque, Jacques Chirac et Gerhard Schröder, le chancelier allemand, tentaient d'accompagner les efforts de modernisation de leur homologue russe Boris Eltsine et ne souhaitaient pas lui compliquer la tâche avec une extension de l'Alliance atlantique. La France était donc réservée sur cette perspective même si Jacques Chirac caressait déjà l'idée, dans le contexte de la guerre civile en Bosnie-Herzégovine, d'une réintégration dans les structures militaires de l'OTAN. Il faut dire ici que le gouvernement français n'était pas très allant sur un élargissement accéléré de la Communauté européenne.

Allant plus loin, Brzezinski faisait de l'Ukraine l'un des quatre piliers d'une « tête de pont démocratique[10] » sur le continent, objectif illustré par une carte englobant la France, l'Allemagne réunifiée, la Pologne indépendante et souveraine et l'Ukraine dans un même ensemble géopolitique à bâtir. Son ouvrage contenait la carte de la représentation géopolitique conçue par le « stratège de l'empire », selon la formule de Justin Vaïsse[11], laquelle était devenue la référence absolue en Pologne et dans les milieux pro-occidentaux d'Ukraine depuis sa publication l'année précédente. Il avait du reste codirigé avec le ministre ukrainien un ouvrage collectif consacré à l'Ukraine dans le monde[12]. Ce changement d'échelle surprenant mais volontaire visait à désenclaver la politique extérieure du pays, à l'extraire de son face-à-face avec la Russie, à l'encourager à se réconcilier avec la Pologne, forte de l'expérience démocratique réussie de Solidarność, à s'ouvrir vers les pays riverains de la mer Noire, Géorgie, Roumanie et surtout Turquie, et, déjà, à nouer des relations économiques avec la Chine.

*Le Grand Échiquier* de Brzezinski était devenu la bible des diplomaties polonaise et lituanienne[13], ainsi que de l'Académie de défense nationale de Pologne. Ouvrage consacré en première lecture à la transition démocratique, il devenait le point d'appui d'une nouvelle ambition géostratégique dès lors que la Pologne s'était vue promettre l'adhésion à l'OTAN en juillet 1997, laquelle sera effective en 2004. Un arrangement – l'acte fondateur du

27 mai 1997 entre la Russie et l'OTAN, marquant l'engagement mutuel de coopération et de non-recours à la menace ou à l'emploi de la force – avait été trouvé avec la Russie de Boris Eltsine : « Le désaccord silencieux équivaut à un accord donné, de mauvais gré certes. [...] La Russie fait désormais partie de cet ensemble de sécurité qui prend en compte ses intérêts et ses inquiétudes[14]. »

En revanche, dans les cercles informés de Moscou, la vision écrite et cartographiée de Brzezinksi avait été très vite perçue et analysée comme un programme stratégique offensif dirigé contre les intérêts russes de sécurité. L'OTAN y était comparée à une alliance de la même nature que l'Axe, préparant l'équivalent moderne d'une opération Barbarossa[15] contre la Fédération de Russie, via l'Ukraine et la Biélorussie.

*Le Grand Échiquier* fait partie des quatre ouvrages étrangers traduits et étudiés à l'Académie militaire russe des forces armées de l'état-major, les trois autres étant l'œuvre du géographe britannique Halford John Mackinder sur l'Eurasie[16], de l'amiral Alfred Mahan sur le rôle de la flotte et du général Karl Haushofer, principal théoricien de la *Geopolitik* allemande, directeur de l'Institut de Munich et inspirateur de la thèse nazie du *Lebensraum* (espace vital)[17]. Parmi les théoriciens militaires russes, on cite alors volontiers Antoine de Jomini[18] (stratège suisse passé au service du tsar et créateur de l'Académie), Alexandre Svetchine[19] et Vladimir Triandafillov[20] (inventeur de l'art opératif et des opérations profondes).

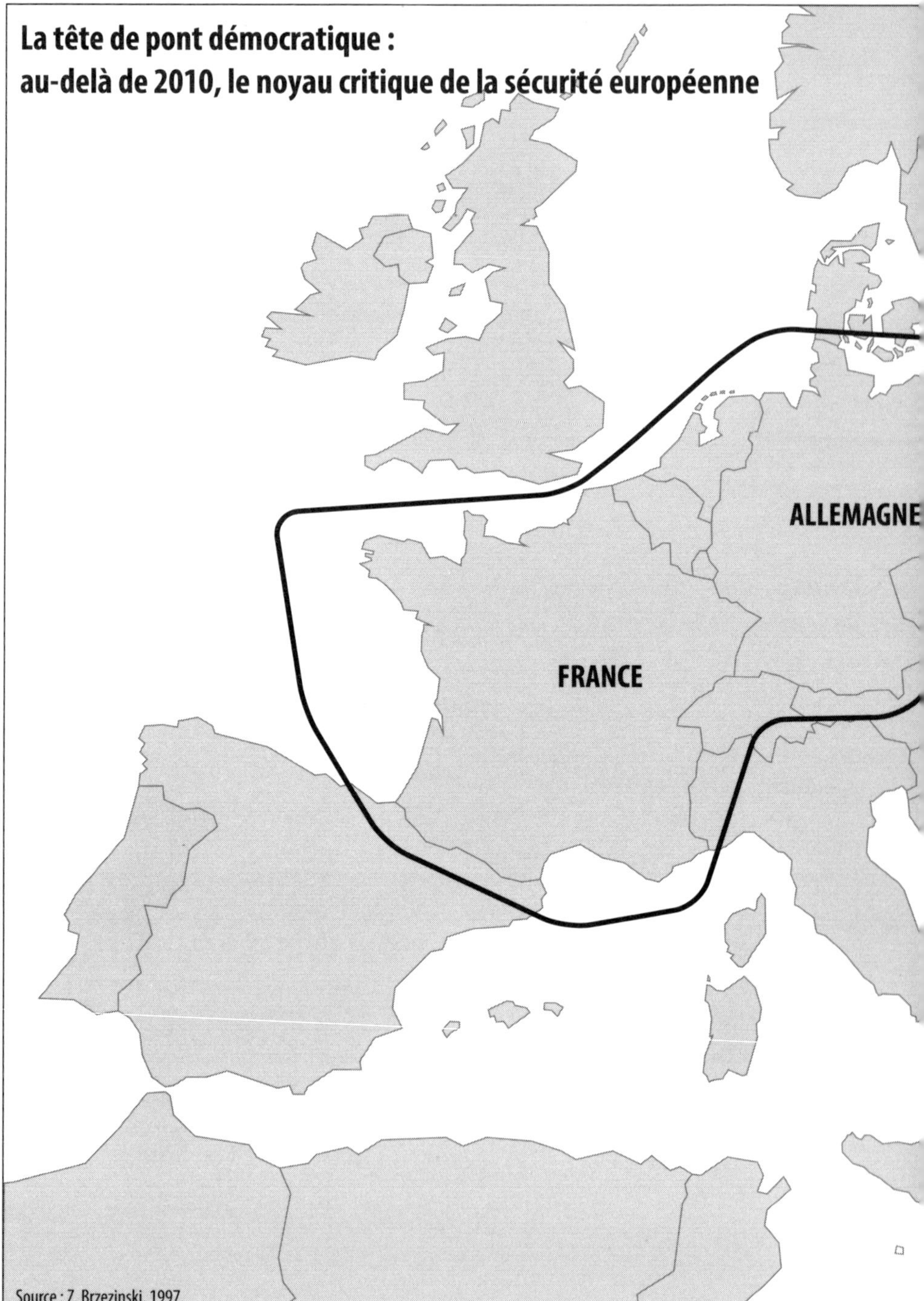
La tête de pont démocratique :
au-delà de 2010, le noyau critique de la sécurité européenne
ALLEMAGNE
FRANCE
Source : Z. Brzezinski, 1997.

POLOGNE
UKRAINE

Ces officiers supérieurs, qui connaissent rarement des langues étrangères et ne sont pas autorisés à voyager hors de Russie, ont acquis une culture stratégique tout à fait conforme à la vision du président Poutine. Elle est partagée par des penseurs influents comme Fiodor Loukianov : « Encore une fois, l'Ukraine est dans une position très spéciale, son territoire a une importance stratégique majeure. S'il devient une plateforme militaire pour des forces hostiles, la Russie verra là une menace existentielle[21]. » Et elle a été exprimée de manière plus brutale encore, et avec quelques arrangements avec les faits et la chronologie, par Sergueï Karaganov, proche du Kremlin et du ministère russe des Affaires étrangères (MID)[22] : « Depuis vingt-cinq ans, des gens comme moi ont dit que si l'OTAN et les alliances occidentales s'étendaient au-delà de certaines lignes rouges, spécialement en Ukraine, il y aurait une guerre. J'ai envisagé ce scénario depuis 1997. En 2008, le président Poutine avait dit que si l'adhésion de l'Ukraine à l'OTAN devenait une possibilité, alors il n'y aurait pas d'Ukraine. On ne l'a pas écouté. Donc le premier objectif est d'arrêter l'expansion de l'OTAN. Deux autres objectifs ont été ajoutés : la démilitarisation de l'Ukraine ; sa dénazification car certains en Russie sont inquiets de la montée de l'ultranationalisme en Ukraine qui leur paraît ressembler à la situation de l'Allemagne dans les années 1930. »

## 3. LA POLITIQUE ORIENTALE DE LA POLOGNE

La formation d'un ensemble démocratique à quatre piliers n'était pas sans fondement dès lors que le tandem franco-allemand était étendu à la Pologne par le « triangle de Weimar[23] », instrument politique intelligent, selon mon collègue et ami Bronislaw Geremek[24], car il permettait de transférer la méthodologie de la réconciliation franco-allemande à la relation bilatérale germano-polonaise, très douloureuse comme on le sait.

Dans une certaine mesure, l'extension de ce dispositif offrait l'occasion d'un rapprochement polono-ukrainien, qui n'allait pas de soi, au regard du rôle dominant de la Pologne sur les terres ukrainiennes et des terribles massacres entre Polonais et Ukrainiens en Volhynie, notamment entre 1942 et 1944. Lors d'un dîner au bord de la mer Caspienne, au nord de Bakou, Aleksander Kwaśniewski, alors président de la République polonaise, m'avait longuement décrit ses efforts pour amorcer un rapprochement avec l'Ukraine[25].

À chaque étape, la réorganisation démocratique de l'Europe a imposé un patient travail de dialogue et de compréhension sur les relations bilatérales et le dépassement lucide des passés douloureux[26]. Et il est vrai que le processus franco-allemand servait de levier au double travail des gouvernements et des comités d'historiens. Sur le même registre, on se souviendra que le Congrès des États-Unis avait imposé, comme l'une des conditions à l'extension de la protection américaine en Europe centrale et baltique, un vrai travail préalable sur la protection des minorités nationales dispersées dans l'ensemble des anciens empires centraux et les collaborations nationales dans la Shoah. Pour parler d'architecture européenne, il faut commencer par ouvrir la porte à de terribles souffles historiques qu'un intérêt supérieur commun permet d'aborder sans récriminations excessives ni violence. La revue polonaise mensuelle *Kultura*, fondée et dirigée par Jerzy Giedroyć depuis la France[27], avait conçu une doctrine de réconciliation avec la Lituanie et l'Ukraine, qui impliquait de résoudre la perte de Wilno (Vilnius) et de Lwów (Lviv) et ouvrait la perspective d'une plus grande sécurité dans une Pologne post-soviétique. Il a également jeté les bases intellectuelles d'un rapprochement avec l'Allemagne. Le président Kwaśniewski lui rendait visite lors de ses séjours à Paris. La Pologne fut le premier pays à reconnaître l'indépendance de l'Ukraine, pour couper court à toute revendication territoriale des nostalgiques polonais.

Ma rencontre avec la problématique ukrainienne est bien antérieure. Lors d'un entretien à Varsovie en février 1992, Bronislaw Geremek, historien et conseiller de Solidarność sur les questions internationales et futur ministre des Affaires étrangères, avait souligné son intérêt pour les questions orientales. Comme si Varsovie, enfin libre de ses mouvements, n'avait d'autre choix que de renouer avec son passé et de faire bénéficier ses voisins immédiats – Lituanie, Biélorussie et Ukraine – de sa nouvelle expérience de démocratie et de sécurité. Il avait développé devant un géographe rompu aux questions de frontières une double conception de celles-ci : linéaire à l'Ouest, donc fixée une fois pour toutes sur l'Oder-Neisse avec l'Allemagne réunifiée ; mouvante à l'Est, selon la dynamique propre aux fronts pionniers[28]. La Pologne se préparait donc à une posture allante pour reprendre pied dans l'espace qu'elle avait contrôlé jusqu'au troisième partage de 1795. Elle avait déjà pour objectif – qui reste le sien en 2022 – de s'assurer d'un voisinage pacifique sur l'isthme mer Baltique-mer Noire. C'était acquis avec la Lituanie, envisagé pour la Biélorussie et possible en Ukraine.

Geremek[29] m'avait informé de la création, dès 1990, d'un centre d'études orientales (OSW[30]) entièrement financé par l'État et dont la mission première était d'étudier les évolutions sociales, économiques et politiques des pays voisins. Les échanges avec son directeur, Marek Karp, permettaient de découvrir au plus près l'ambition de cette nouvelle « *Ost Politik* » qui avait si bien réussi à son concepteur, Willy Brandt. Sous les ailes protectrices de l'allié américain et soutenu financièrement par l'Union européenne dont elle est le premier bénéficiaire net, la Pologne a développé une influence régionale soutenant la lutte d'émancipation nationale de l'Ukraine, tout en consolidant ses propres garanties. Cette politique orientale visait à étendre les pratiques démocratiques et à rendre impossible le retour des occupations soviétiques.

Il y avait donc bien ici les ingrédients d'un duel structurel entre la Pologne, redevenue un pays de la ligne de front, comme l'était l'Allemagne durant la guerre froide, et sa nation slave rivale, la Russie. Et dans ce contexte, l'Ukraine a opéré une nouvelle bascule vers le versant européen de son histoire en s'efforçant de s'extraire de l'influence russe. Dans l'ouvrage pionnier *L'Ukraine dans la nouvelle Europe*[31], le géographe Gilles Lepesant pointait déjà les trois sujets centraux de débats et de litiges dans le processus de construction étatique initié en 1991 – la langue, la religion et l'orientation stratégique – ainsi que la capacité louable qu'ont eue, durant les quinze premières années, ce pays et cette société à articuler plusieurs imaginaires et plusieurs représentations de l'État ukrainien.

Ce constat de représentations antagonistes ne doit pas faire oublier que la rivalité entre les États est l'un des fondements de la vie internationale. On est parvenu depuis 1945, en Europe occidentale, à la régler à l'amiable, entre voisins de régime démocratique (France, Allemagne, Italie, Royaume-Uni, Espagne, etc.), par des jeux subtils d'influence et la capacité à nouer des compromis. Dans le cas de la Russie, qui ignore toute expérience démocratique, ces voisinages sont hantés par la remise en cause de leur survie. Le principe du libre choix des alliances n'est pas respecté, comme on le note en ce moment avec les mises en garde de Moscou à la Finlande et à la Suède, qui s'interrogent à juste titre sur l'avenir d'une sécurité qui ne leur semble plus garantie par leur statut de neutralité stratégique. Enfin, on se souvient que, depuis son arrivée au pouvoir, le président russe n'a cessé de conduire des guerres plus ou moins visibles et, jusqu'en février 2022, en toute impunité[32].

En outre, les dirigeants de la Russie de 2022 cultivent un double héritage qui sous-tend la fuite en arrière en cours : celui de l'expérience soviétique selon laquelle la stabilité du système est mieux assurée en temps de guerre, ce qu'Andreï Gratchev, ancien conseiller diplomatique de Gorbatchev, qualifie, dans un ouvrage prémonitoire publié en novembre 2021[33], de « code secret » et qui est à nouveau mobilisé par un Vladimir Poutine en fin de règne dans un système à bout de souffle ; et celui de l'autocratie tsaro-stalinienne, qui veut que la Russie ne soit écoutée et entendue que lorsqu'elle fait peur. La lutte informatique d'influence et la tentative d'hégémonie sur les réseaux sociaux d'un récit biaisé entretient cette crainte. « L'Occident collectif », selon la formule du Kremlin, est désigné comme l'ennemi central. S'y ajoute une rhétorique de la « guerre sainte » énoncée par le patriarcat de Moscou, à la fois contre une civilisation occidentale jugée moralement décadente, et contre la volonté d'émancipation d'une partie de l'église orthodoxe d'Ukraine, dont l'indépendance a été reconnue en 2019 par le patriarcat de Constantinople et qui est appliquée par les deux tiers des 36 000 paroisses ukrainiennes. L'expulsion de l'Église russe du Conseil œcuménique des Églises est à l'étude. Sur un continent européen idéal, une autre trajectoire serait pourtant possible. Une Russie ayant secoué le joug autocratique et démocratisée, à la suite d'une révolution de palais et d'un changement de régime – toujours liés à des défaites extérieures –, serait capable de nouer une relation apaisée avec l'Ukraine, sur les modèles de pacification décrits plus haut.

# II. HISTOIRE ET RÉCITS DANS LE DUEL

*Je vois avec angoisse que la conscience nationale russe en train de s'éveiller est, pour une large part, tout à fait incapable de se libérer du mode de pensée d'une puissance de grande étendue, d'échapper aux fumées enivrantes qui montent d'un empire. Il faut choisir clair et net : entre l'Empire, qui est avant tout notre propre perte, et le salut spirituel et corporel de notre peuple. Comment réaménager notre Russie, réflexions dans la mesure de mes forces.*

Alexandre Soljenitsyne, 1990

## 1. UNE TERRE DE CONFINS ET DE GLACIS DANS L'ISTHME BALTIQUE-MER NOIRE

La querelle historiographique relative à la continuité, ou à son absence, entre la « *Rous* » de Kiev et la Moscovie, ne peut être tranchée sans référence à la géohistoire de l'isthme Baltique-mer Noire. La thèse de la continuité, version officielle des programmes scolaires en Russie, est une représentation historique exclusive chez les élites russes ; elle est sous-jacente à la version de l'unité des peuples russe et ukrainien, dès lors que l'Ukraine ne serait plus qu'une province créée après 1917, qui aurait usurpé son indépendance lors de l'éclatement de l'Union soviétique et n'aurait donc qu'une légitimité nationale faible. Un pays à l'existence étatique tardive doit lutter pour s'opposer à la conception russo-centrique dominante. Notre ignorance de l'histoire de l'Europe orientale, du haut Moyen Âge à la Seconde Guerre mondiale, a facilité la diffusion de la thèse russe.

Il est pourtant établi que l'isthme reliant la mer Baltique à la mer Noire fut organisé dès le IXe siècle en un empire créé par les Varègues, guerriers et marchands venus de la Scandinavie suédoise. Ils entretenaient, à partir des places commerciales de Kyïv/Kiev et de Novgorod, d'étroites relations d'échanges avec Byzance et son empire, le long de la « Route des Varègues aux Grecs » ; elle suivait la vallée de la Daugava/Dvina à partir de la baie de Riga puis celle du Dniepr jusqu'à la mer d'Azov et les rives du Bosphore. Le terme grec byzantin de « *Rous* » désignait les Varègues. À la fin du Xe siècle, le prince Volodymyr adopta le christianisme de rite byzantin et épousa la sœur de l'empereur d'Orient[34]. La *Rous* fut détruite par les invasions des Mongols dans la première moitié du XIIIe siècle et c'est sous la tutelle mongole que les princes de la Moscovie surent bâtir leur autonomie. Le métropolite dut quitter Kiev pour Vladimir puis Moscou.

Les travaux de l'historien allemand Andreas Kappeler[35] ont démontré que la question de l'héritage kiévien, revendiqué tant à Kyïv qu'à Moscou, était un débat politique et non scientifique et que le terme de « *Rous* » n'était l'équivalent ni de « *Rus* » ou « Russe » ni d'Ukrainien. Il montre également comment la domination polono-lituanienne puis russe ont enrayé la formation d'un sentiment national ukrainien.

De même, lorsque les Polonais, les Tchécoslovaques ou les nations des trois pays Baltes – Lituanie, Lettonie, Estonie –

s'affirmèrent entre 1919 et 1939, en bénéficiant d'un soutien extérieur non négligeable dans le contexte de la stratégie du « cordon sanitaire » des Alliés, entre l'Allemagne et l'URSS, il n'en fut pas de même en Ukraine. Écrasée et soumise dès 1922 par l'URSS, elle fut transformée en république agricole et industrielle, donc coupée du monde. L'usage de la langue nationale y fut vite réprimé, après une décennie dite de « *korenizatsia* » – indigénisation par implantation d'Ukrainiens aux postes de responsabilité – dans le contexte de la politique léniniste des nationalités.

Si le mot « *ukraine* » – des racines slaves « u », près de; et « krai », marche, limite – signifie terre de confins, frontière, marche en bordure de la steppe, ligne de partage entre sédentaires et nomades, l'espace « dans lequel vivent les Ukrainiens considérés comme partie majoritaire de la population[36] » fut disputé et partagé pendant des siècles entre les puissances voisines : empire russe, grand-duché de Lituanie, royaume de Pologne, royaume de Suède et empire ottoman en Crimée et autour de la mer d'Azov.

Plusieurs épisodes successifs marquèrent le destin de cet espace, en leur temps et dans la mémoire actuelle des acteurs impliqués dans la guerre provoquée par la Russie (Pologne et Lituanie, Russie, Turquie). Avec la République des Deux Nations (1569), une grande partie des terres ukrainiennes passèrent sous contrôle polono-lituanien. En 1596, l'Union de Brest déboucha sur la scission de l'Église orthodoxe dans l'aire polono-lituanienne, avec la formation d'une église uniate, rattachée à Rome. Les révoltes cosaques contre la Pologne et l'empire ottoman aboutirent au traité de Pereïaslav avec l'empire russe (1654) qui promit sa protection sur la région centrale de Kiev. L'alliance de l'hetman cosaque Mazeppa avec Charles XII de Suède entraîna un sursaut militaire de Pierre le Grand qui vainquit Charles XII à Poltava (8 juillet 1709), sur la rive gauche du Dniepr. Pierre le Grand poursuivit ses efforts pour écarter les Ottomans de la mer d'Azov. Au terme des trois partages de la Pologne (1772-1795), la Galicie revint à l'Autriche et toute la rive droite à la Russie.

L'espace ukrainien et les littoraux de la mer Noire furent l'objet d'une dizaine de guerres russo-ottomanes, d'autant que les tsars rêvaient de prendre le contrôle des détroits du Bosphore. Catherine II entreprit une politique de colonisation agricole dans la partie méridionale dévastée, celle de la steppe, en faisant appel à des colons allemands, lorrains ou serbes pour la mise en valeur de grands domaines dans la « Novaïa Rossia », « Nouvelle Russie », terme repris par le Kremlin en 2021 pour désigner l'Ukraine. Le développement industriel du bassin houiller de Donetsk démarra vers 1880 avec des capitaux et des ingénieurs notamment britanniques et français[37]. Après avoir recouvré son indépendance, la Pologne récupéra pour un temps la Volhynie. Enfin, comme on le sait, l'Ukraine fut un des deux champs d'affrontement majeur entre l'armée allemande qui voulait s'emparer des gisements pétroliers de Bakou et l'armée soviétique qui la bloqua à Stalingrad, sur la Volga.

Réalité mal connue en Europe occidentale où la guerre n'opposa que deux camps, le conflit germano-soviétique en Europe orientale donna lieu à des guerres dans la guerre : la « nation ukrainienne » soumise par Lénine ou les États indépendants envahis par l'Union soviétique puis assimilés en juin 1940 comme des républiques socialistes soviétiques en conséquence du Pacte germano-soviétique de 1939, crurent un temps pouvoir trouver, dans un engagement armé aux côtés du Reich, la voie de leur reconquête nationale[38]. La guerre donna lieu à des massacres réciproques entre Ukrainiens et Polonais et contre les populations juives[39]. Les passés sont infiniment douloureux et le terme de « nazi » fut d'abord employé par Staline contre ceux qui critiquaient sa politique de répression des « koulaks[40] ». Il est désormais utilisé pour dénoncer le nationalisme ukrainien et sa connotation historique forte trouve un écho dans les classes âgées en Russie comme en Ukraine.

Jusqu'à l'annexion illégale de la péninsule de Crimée en 2014 et la sécession d'un tiers de la superficie des oblasts de Louhansk et de Donetsk, les frontières de l'Ukraine indépendante étaient héritées de celles tracées par Staline en 1945 avec l'incorporation de la Volhynie, de la Ruthénie subcarpathique – sur le piémont occidental des Carpates, d'où partirent les forces armées russes de répression contre les révoltés de Budapest en 1956 et de Prague en 1968 –, de la Bucovine, de la Moldavie et de la Bessarabie. Cette nouvelle configuration dessinée en 1945 donnait à la

Russie soviétique un vaste glacis, qui s'étend au centre de la Biélorussie jusqu'à la ligne Curzon, aux dépens de la Pologne, et aux rives de la mer Baltique. Territoire auquel s'ajoute l'enclave de Kaliningrad, trophée de guerre pris à la Prusse orientale.

Si l'effondrement de l'URSS en 1991 a permis aux pays Baltes de recouvrer une indépendance véritable grâce à un ancrage plus solide, reposant notamment sur la non-reconnaissance de l'annexion soviétique de 1941, la Biélorussie, qui a pourtant déclaré son indépendance en 1991, est de fait dans le giron russe, pour l'instant[41]. Dans cette stratégie de glacis sur l'isthme Baltique-mer Noire, l'Ukraine est donc vue à Moscou comme la pièce essentielle d'un dispositif de protections à contrôler ou, au mieux, à neutraliser.

## 2. LE MONDE RUSSE ET LA RUSSIE COMME ÉTAT TERRITORIAL

Le conflit en cours oppose une nation tard venue sur la scène européenne, mais qui s'est consolidée sur le modèle géohistorique européen de l'État-nation, en réponse à l'expansion territoriale de la Russie depuis 2014, à un État qui agit comme un empire colonial d'outre-terre, le dernier de la sorte sur le continent européen.

En 1991, la Fédération de Russie a hérité des limites administratives de l'ancienne république fédérative socialiste soviétique de Russie transformées en frontières internationales, lesquelles ne coïncidaient ni avec d'anciens tracés historiques ni avec le berceau historique de

La formation territoriale de l'Ukraine
Brest
Gomel
BIÉLORUSSIE
POLOGNE
Jytomir
1939
Kiev
Lviv
Ivano-Frankivsk
Oujgorod
Vinnitsa
1945
Transcarpathie
1940
MOLDAVIE
Tiraspol
Chisinau
ROUMANIE
Odessa
Bessarabie
1940
Reni
Mer Noir
La République socialiste soviétique d'Ukraine (1920-1939)
Territoire incorporés à la RSS d'Ukraine en 1939
Bucovine du Nord, Bessarabie du Nord et du Sud, incorporées à la RSS d'Ukraine en 1940
Transcarpathie, incorporée en 1945
Crimée et Sébastopol, 1954

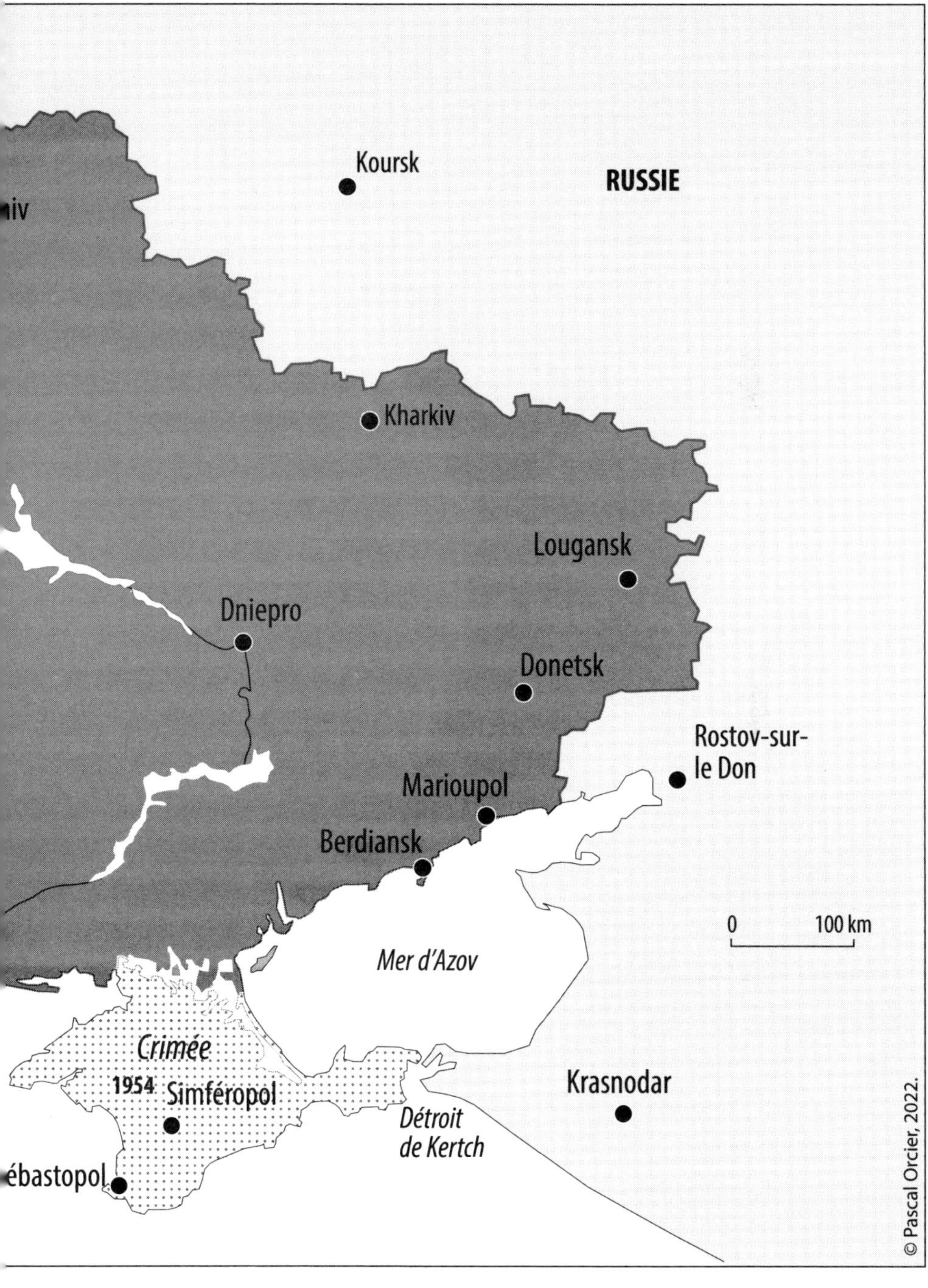
Koursk
RUSSIE
iv
Kharkiv
Lougansk
Dniepro
Donetsk
Rostov-sur-le Don
Marioupol
Berdiansk
0
100 km
Mer d'Azov
Crimée
1954
Simféropol
Krasnodar
Détroit de Kertch
ébastopol

la population russe : au fil de l'histoire coloniale tsariste puis soviétique, quelque vingt-cinq millions de Russes se situaient hors de la Russie, au Kazakhstan et en Ukraine ainsi que dans les pays Baltes, qu'on appelle parfois les « pieds rouges ». C'est le sens du constat de Poutine considérant l'effondrement de l'Union soviétique comme la plus grande catastrophe géopolitique du siècle[42]. Contrairement à l'interprétation occidentale de ses propos, il ne regrettait pas l'Union soviétique mais le fait – « véritable drame » – que « des dizaines de millions de nos concitoyens et de nos compatriotes se sont retrouvés en dehors du territoire de la Russie ». Ce qui ne l'empêche pas de conduire une agression militaire qui massacre d'abord des russophones à Kharkiv et à Marioupol car ils se veulent citoyens d'Ukraine !

Dans ces conditions, quelles étaient les options ? Pour Alexandre Soljenitsyne, il convenait d'édifier un État-nation, débarrassé du fardeau de l'empire, élargi au nord du Kazakhstan à majorité russe et ouvert à l'émigration des Russes minoritaires d'Asie centrale et du Caucase. Quant à l'Ukraine, tout en comprenant sa volonté d'émancipation, il jugeait : « Bien entendu, si le peuple ukrainien désirait effectivement se détacher de nous, nul n'aurait le droit de le retenir de force. Mais divers sont ces vastes espaces et seule la population locale peut déterminer le destin de son petit pays, le sort de sa région, – et chaque minorité nationale qui se constituerait, à cette occasion, à l'intérieur d'une unité territoriale donnée, devrait à son tour être traitée sans aucune violence. »

Il estimait donc que la décision d'appartenance devait se faire à l'échelle locale, celle des oblasts, les territoires du Donbass, de la Crimée et de la « Nouvelle Russie » étant pour lui revendiqués comme « russes ». Et il considérait que les trois populations – blanc-russiens, petits-russiens et grand-russiens – pour reprendre les concepts de l'idéologie impériale tsariste, appartenaient au même peuple. Ce format de Russie comme État-nation se heurte au fait que la Fédération est, comme l'ancien empire, un pays multinational où les minorités comptent plus de 20 % de la population, dont une majorité de musulmans. Cette réalité d'une diversité accrue – 30 % de minorités musulmanes vers 2035 ? – sert de base à l'option néo-impérialiste, soutenue par les tenants de l'eurasisme[43] et dont la Russie doit unifier les composants dans une synthèse originale, entre Europe et Asie, dans les limites anciennes de l'URSS[44].

La Russie actuelle est un État territorial dont les dirigeants combinent à la fois la politique nationale – soutien aux « compatriotes » et annexion des districts à majorité russophone – et impériale – appui à l'autonomie d'enclaves dont le séparatisme a été orchestré par Moscou – Moldavie (Transnistrie), Géorgie (Abkhazie et Ossétie du Sud). Le cas du Donbass et de la Crimée illustre le passage de la seconde à la première. À la question : que veut Poutine, le philosophe ukrainien Volodymyr Yermolenko répond : « Il essaie de rétablir l'Union soviétique. Il l'a fait avec la Biélorussie. Il continue avec l'Ukraine. En Russie, on applaudit[45]. »

La langue russe distingue entre « *rousski* », Russes au sens ethnique et ayant le russe comme langue maternelle, et « *rossiiskii* », citoyens de la Fédération de Russie. Un flou est souvent entretenu par le pouvoir entre Russes ethniques et russophones et entre concitoyens et compatriotes. Selon une loi votée sous Eltsine, leur protection peut justifier une intervention armée si Moscou juge qu'ils sont menacés. En Ukraine, les forces russes d'occupation ont eu la désagréable surprise de se voir demander leur retour par des populations de la langue maternelle russe mais s'affirmant comme citoyens ukrainiens. Le duel oppose ainsi une conception civique de la nation et une conception ethnique, compliquée par le caractère multiethnique d'un espace immense.

Pour Vladislav Sourkov, idéologue du Kremlin, l'État russe n'a survécu que par le biais d'une expansion sans fin au-delà de ses frontières. Et, selon lui, la seule manière d'échapper au chaos intérieur est de l'exporter dans les pays voisins. On estime parfois que cette sur-extension territoriale n'est pas compatible avec l'installation d'un régime démocratique. En l'occurrence, l'espace n'est pas un acteur et la comparaison avec le Canada ou les États-Unis invalide cette corrélation. En revanche, l'immensité territoriale de la Russie nourrit une perception de vulnérabilité qui est un moteur d'intervention dans les voisinages les plus faibles – de la Finlande à l'Asie centrale, à l'exception donc de la Chine.

Mais comme l'a noté Henry Kissinger, un pays étiré sur onze fuseaux horaires ne devrait pas souffrir d'un complexe d'encerclement. C'est pourtant exactement l'inverse qui est enseigné à l'Académie militaire, celui d'un contexte stratégique définitivement hostile. On y reste encore, de nos jours, attentif à la stratégie de la contention à partir des rivages entourant l'espace central eurasiatique, élaborée par le diplomate George Kennan dès 1945[46] et mise en œuvre par le Pentagone, de la Norvège à la péninsule coréenne et au Japon. Il y constatait, après l'opposition de Staline à la création de la Banque mondiale et du Fonds monétaire international, qu'aucun scénario de coexistence pacifique durable avec l'ancien allié ne serait envisageable et qu'il convenait donc de contenir l'expansion de l'influence communiste et soviétique à travers le monde.

Cette vision stratégique se complète de l'étude, à l'Académie militaire et au-delà, des thèses dites géopolitiques de Nikolaï Danilevski (1822-1885), tenant du panslavisme[47], du théoricien de l'ethnogenèse et de l'eurasisme Lev Goumilev – qui a donné son nom à l'université d'Eurasie créée par l'ancien président Nazarbaïev à Astana, capitale du Kazakhstan – et d'Alexandre Guelievitch Douguine, à qui l'on prête une influence notable sur l'orientation nationaliste du Kremlin. Ces trois auteurs influents défendent la thèse de l'exceptionnalisme russe par opposition aux courants occidentalistes, en insistant sur la représentation d'une Russie distincte de l'Europe et devant chercher son modèle du côté des puissances continentales conservatrices et autoritaires[48].

Si l'on s'en tient au principe que l'histoire devrait déterminer qui est légitime pour détenir un territoire, on rappellera que la péninsule de Crimée fut grecque puis tatare pendant des siècles et que la présence russe ne date que de 1783. Cette réalité n'est pas oubliée à Ankara.

## 3. « FRÈRES » INÉGAUX

État-nation en formation dans le contexte cruel de la guerre en cours, l'Ukraine avait connu un début d'éveil national à partir du milieu du XIXe siècle, sans pouvoir déboucher sur une personnalité étatique. L'historien Andreas Kappeler identifie les critères objectifs – langue littéraire moderne définie par le poète Taras Chevtchenko dans la décennie de 1840, religion orthodoxe alors scindée en deux églises, héritées des relations avec l'Occident catholique via la Pologne et la Lituanie –, et subjectifs – rôle de la « *hormada* », communauté de gestion des affaires locales soucieuse de ses droits et libertés, souvenir des révoltes des Cosaques des rives du Dniepr contre les puissances dominantes, réinvestie dans le nouveau récit national. Ces facteurs réunis singularisent un peuple ukrainien autonome dont le processus de construction nationale a été constamment interrompu et retardé par les dominations impériales polonaises ou russes. Dès le XIXe siècle, la diaspora d'Amérique du Nord a néanmoins su, comme, plus tard, celle des pays Baltes, cultiver la mémoire culturelle de l'identité ukrainienne et poser les bases d'une historiographie moderne, autour de remarquables historiens ukrainiens qui en ont précisé la formation[49].

Cette discontinuité dans la trajectoire d'affirmation nationale a créé l'image d'une communauté instable, menacée, divisée, confrontée au sentiment traditionnel de supériorité paternaliste des Polonais et des Russes[50]. Au passage du XIX^e^ siècle commence l'asymétrie nationale. Désormais les Russes projettent sur la région située à gauche du Dniepr une curiosité folklorique, condescendante et infantilisante. Le paysan « petit russe », soi-disant non civilisé et sans histoire, est construit comme le jumeau primitif. Il est donc la nouvelle pierre angulaire de la construction de la nation impériale russe, elle-même en quête de justification. Le patriotisme impérial russe mobilise l'orthodoxie, la langue russe et une image diffuse de la nationalité. La « Petite Russie » y occupe une place de choix aux côtés de la « Biélorussie », sous l'aile protectrice mais jalouse de la « Grande Russie », les « Russes », petits ou grands devenant les éléments constitutifs de la nation panrusse[51].

Ce regard paternaliste reste d'actualité. Citons Sergueï Karaganov, conseiller des deux présidents russes et président honoraire du Conseil de la politique étrangère et de défense[52] : « Je ne sais pas si l'Ukraine survivra car l'histoire de sa construction étatique est très réduite, voire nulle. Et elle n'a pas d'élite pour la réaliser. La guerre ou l'opération militaire, comme vous voulez l'appeler, en décidera. Peut-être fera-t-elle naître une nation ukrainienne ? Je serais heureux que les Ukrainiens se dotent d'un gouvernement effectif, viable, contrairement à ce qui s'est passé lors des trente dernières années. En raison de l'absence d'une élite capable de construire un État, ils furent les perdants absolus après la fin de l'Union soviétique. »

Cette remarque incisive pointe la faiblesse d'un État récent tout en montrant de manière flagrante à quel point les élites russes se sont aveuglées sur l'évolution profonde du pays. Il est vrai que l'Ukraine indépendante est tombée sous la coupe d'oligarques, qui étaient souvent des hommes liges de Moscou, tel Viktor Medvedtchouk. Ils se sont approprié les ressources industrielles et énergétiques mais, à la différence de la Russie sous Poutine, ils n'ont pas été mis à l'écart de la vie politique et des moyens de communication. Ce contrôle des oligarques ne s'est pas affaibli après la révolution de Maïdan (2014) et le projet de « désoligarquisation » envisagé par le président Zelensky au début de 2022 n'a pu aboutir. Comme en Russie, cette symbiose pathologique entre un État aux institutions faibles – justice non indépendante, administration inefficace – et le monde des affaires – une dizaine de groupes liés aux dirigeants politiques Petro Porochenko, ancien président, et Arseni Iatseniouk, ancien premier ministre –, a bloqué les réformes et les efforts de modernisation[53]. Autant de blocages dénoncés par une société civile extraordinairement vivante qui a porté Zelensky au pouvoir, sur un espoir de lutte contre la corruption et en faveur de l'européanisation. Il semble toutefois que ces groupes ont refusé de lier leur sort au Kremlin, à l'exemple de Rinat Akhmetov, ancien soutien du président Viktor Ianoukovitch. Il avait, en 2014, armé ses ouvriers de l'aciérie d'Azovstal, lesquels, formés en milices, avaient repoussé avec succès l'attaque des séparatistes de Donetsk contre la ville portuaire de Marioupol. Ses industries dans le Donbass ont été saisies et son aciérie détruite après sa condamnation de l'agression russe.

Dans le même temps, il est frappant de constater l'évolution de la carte électorale. Lors des élections présidentielles de 2004, l'Ukraine est clairement divisée en deux camps géographiques : les électeurs des neuf oblasts de la rive gauche du Dniepr (Kharkiv, Louhansk, Donetsk, Dniepro, Zaporojie, Kherson, Crimée, Mykolayiv et Odessa) se sont prononcés massivement en faveur de Viktor Ianoukovitch, du Parti des Régions pro-russe (44,21 %), contre ceux des dix-sept oblasts des parties centrale et occidentale au profit de Viktor Ioutchenko, du Bloc Notre Ukraine (52 %), favorable à l'ancrage européen. En raison de fraudes constatées dans l'Est, un troisième tour avait été nécessaire sous pression de l'OSCE et des États-Unis. Henry Kissinger, Zbigniew Brzezinski[54] et le sénateur John McCain avaient fait un déplacement à Kyïv, tandis que Poutine, réélu en mars 2004, était allé à deux reprises soutenir son candidat, Viktor Ianoukovitch. Ce dernier gagne les élections en 2010 contre Ioulia Timochenko.

Face aux manifestations de la place Maïdan à Kyïv, déclenchées à partir de novembre 2013 par son refus de dernière minute de signer un accord d'association longuement négocié avec l'Union européenne, Ianoukovitch démissionne en février 2014 et se réfugie en Russie, laissant derrière lui les images désastreuses de son palais de ploutocrate. Quelques semaines plus tard, le 11 mars, la population à majorité russe de la péninsule de Crimée proclamait son indépendance de Kiev à l'issue d'un référendum puis son rattachement à la Fédération de Russie. Les séparatistes du Donbass des oblasts de Louhansk et Donetsk lui emboîtèrent le pas et les combats commencèrent avec les troupes ukrainiennes dès le mois d'avril 2014. Ils n'ont pas cessé depuis, malgré les tentatives franco-allemandes de médiation[55].

En 2019, l'annexion de la Crimée et l'organisation par le Kremlin du séparatisme des oblasts de Louhansk et Donetsk, appuyé par des militaires de Russie, ont complètement modifié la donne. Volodymyr Zelensky l'a emporté (73,22 % des voix) dans toutes les circonscriptions sur un programme de réintégration des régions annexées, tandis que l'oligarque Petro Porochenko ne s'imposait que dans la région de Lviv, connue pour être le berceau de l'idée nationale ukrainienne (24,45 % des voix). Le nouveau président a mis ses talents d'acteur[56] et de scénariste au service d'une campagne ciblant la corruption des élites et visant au rétablissement de l'intégrité territoriale de l'Ukraine.

La guerre de 2022 a révélé une personnalité incarnant la résistance nationale ukrainienne. Volodymyr Zelensky s'est toujours dit disposé à un duel oral, en face-à-face, avec son homologue russe. Si cette improbable rencontre avait lieu, l'Ukraine y gagnerait la reconnaissance tant attendue d'une égalité entre pays souverains, principe de base de relations internationales civilisées.

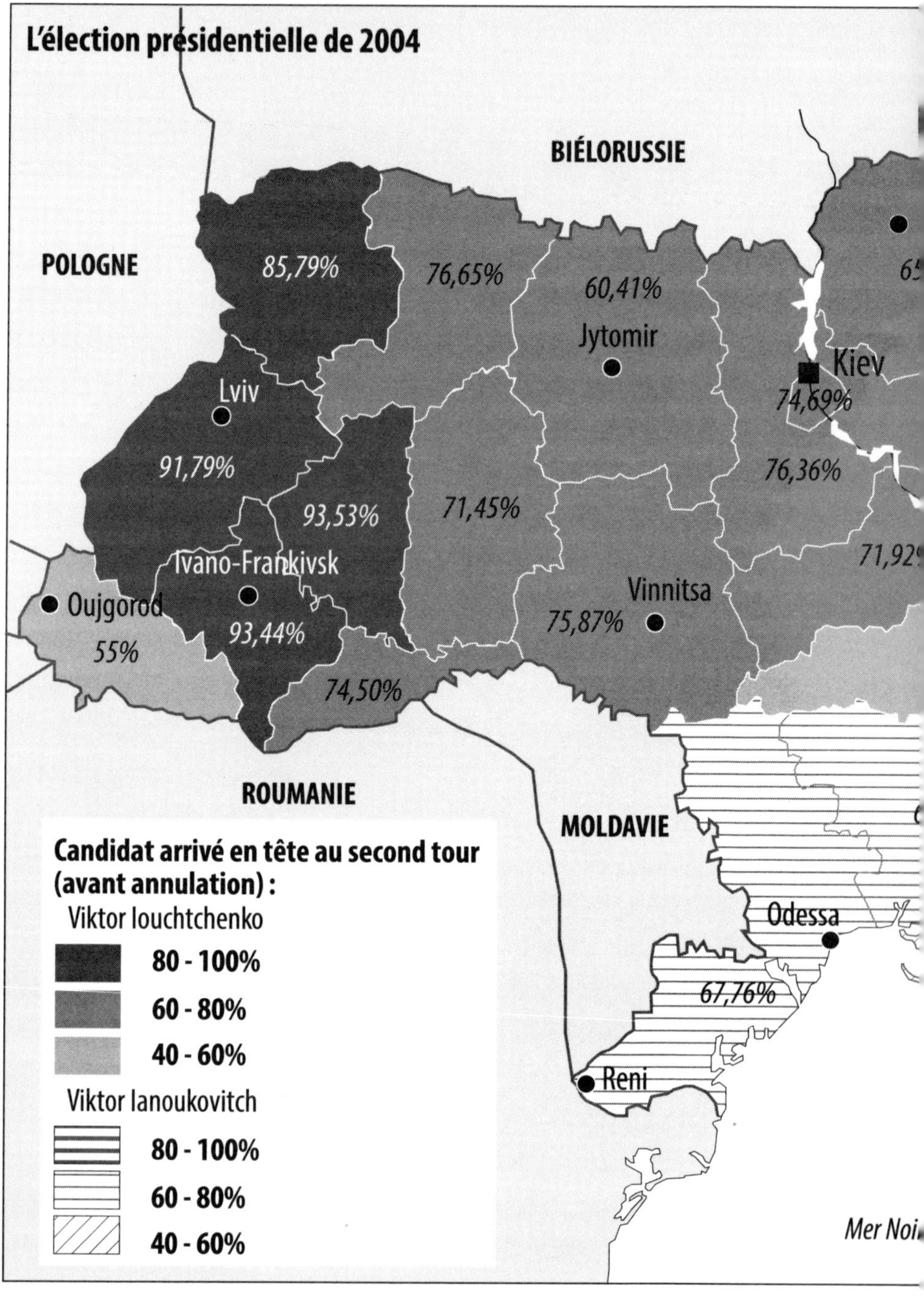
L'élection présidentielle de 2004
BIÉLORUSSIE
POLOGNE
85,79%
76,65%
60,41%
Jytomir
Kiev
74,69%
Lviv
91,79%
76,36%
93,53%
71,45%
71,92
Ivano-Frankivsk
Vinnitsa
Oujgorod
93,44%
75,87%
55%
74,50%
ROUMANIE
MOLDAVIE
Candidat arrivé en tête au second tour (avant annulation) :
Viktor Iouchtchenko
80 - 100%
60 - 80%
40 - 60%
Odessa
67,76%
Reni
Viktor Ianoukovitch
80 - 100%
60 - 80%
40 - 60%

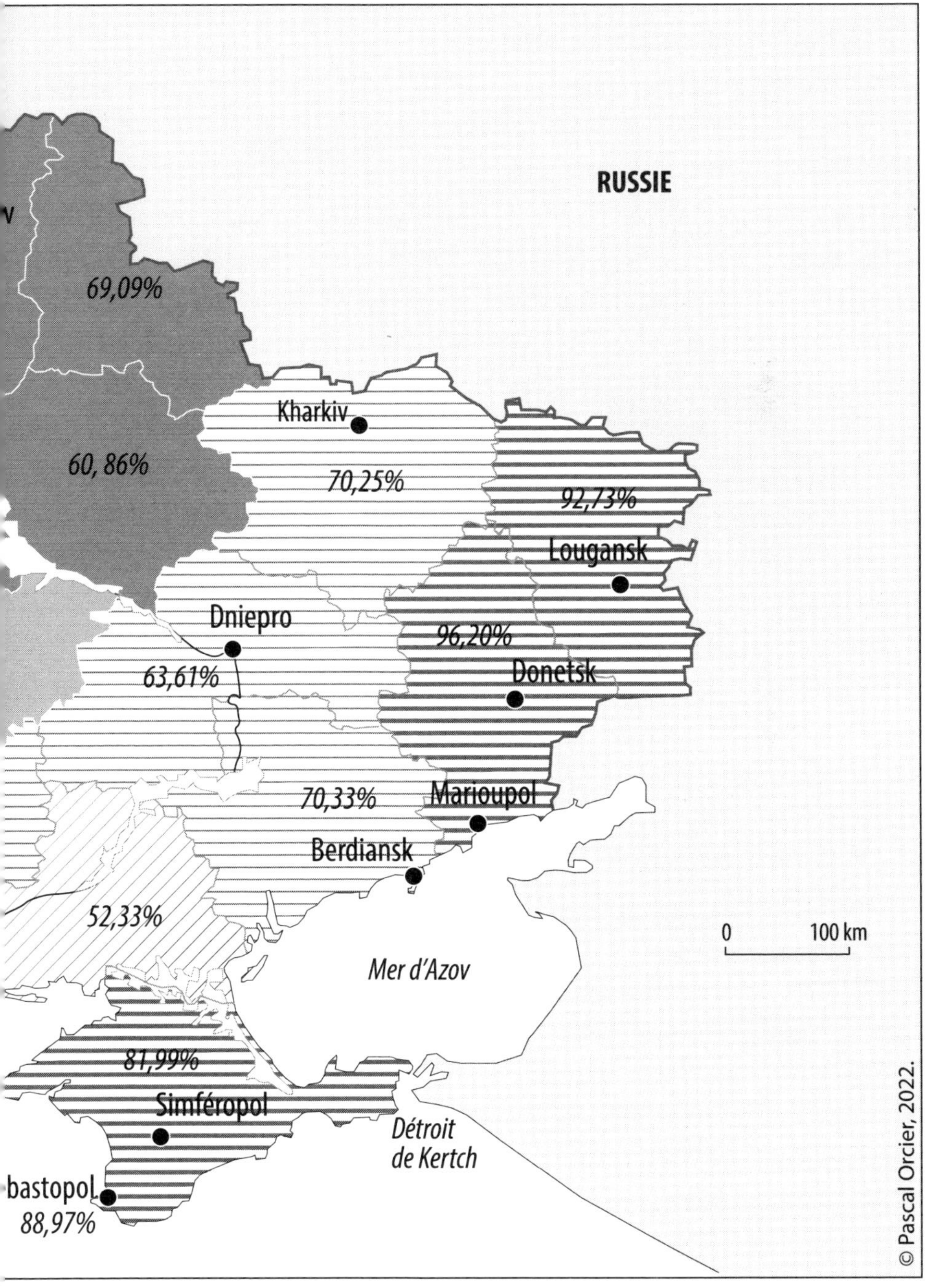

v
RUSSIE
69,09%
60, 86%
Kharkiv
70,25%
92,73%
Lougansk
Dniepro
96,20%
63,61%
Donetsk
70,33%
Marioupol
Berdiansk
52,33%
0
100 km
Mer d'Azov
81,99%
Simféropol
Détroit
de Kertch
bastopol
88,97%
© Pascal Orcier, 2022.

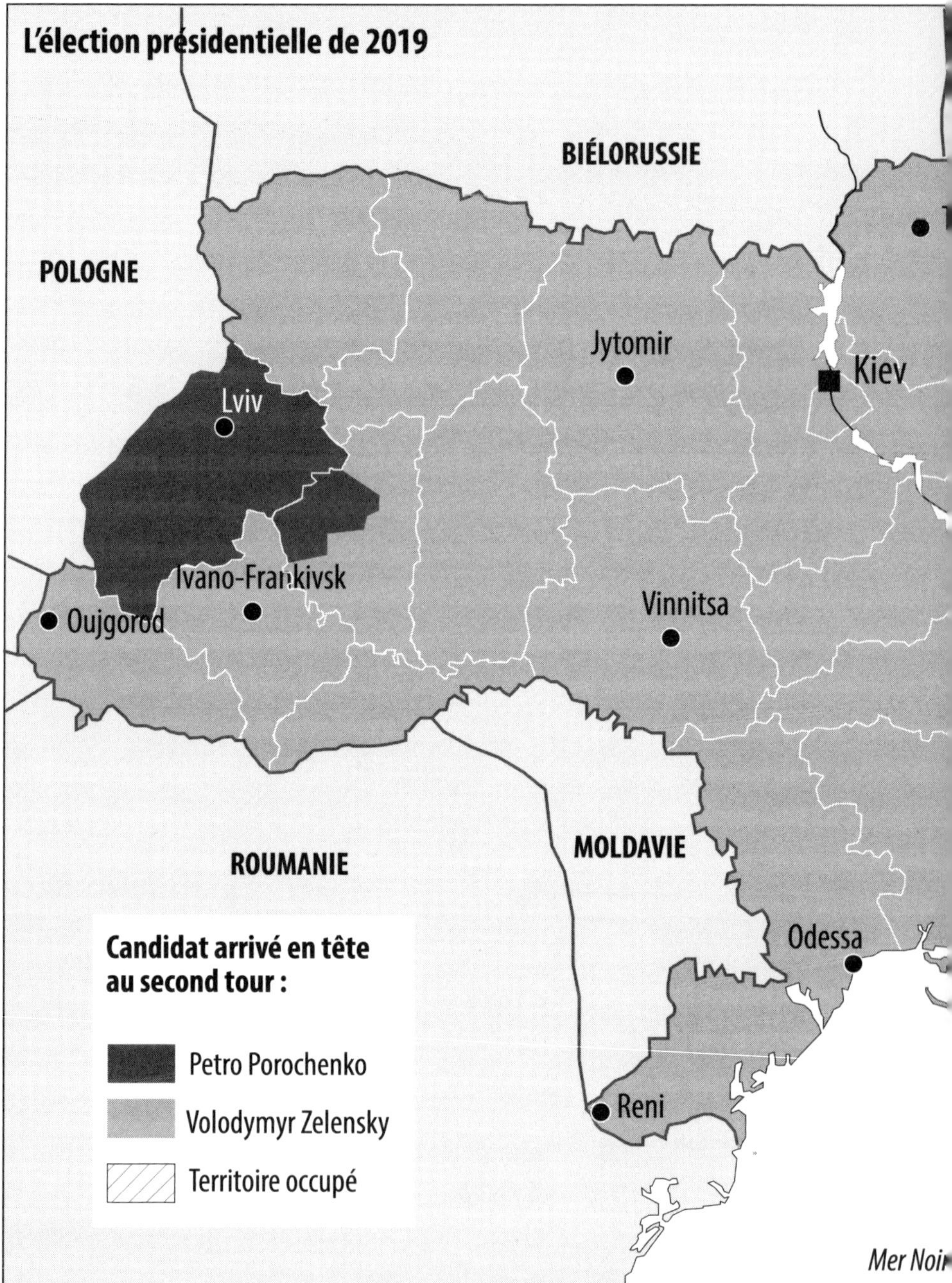

L'élection présidentielle de 2019
BIÉLORUSSIE
POLOGNE
Jytomir
Kiev
Lviv
Ivano-Frankivsk
Oujgorod
Vinnitsa
MOLDAVIE
ROUMANIE
Candidat arrivé en tête
au second tour :
Petro Porochenko
Volodymyr Zelensky
Territoire occupé
Odessa
Reni

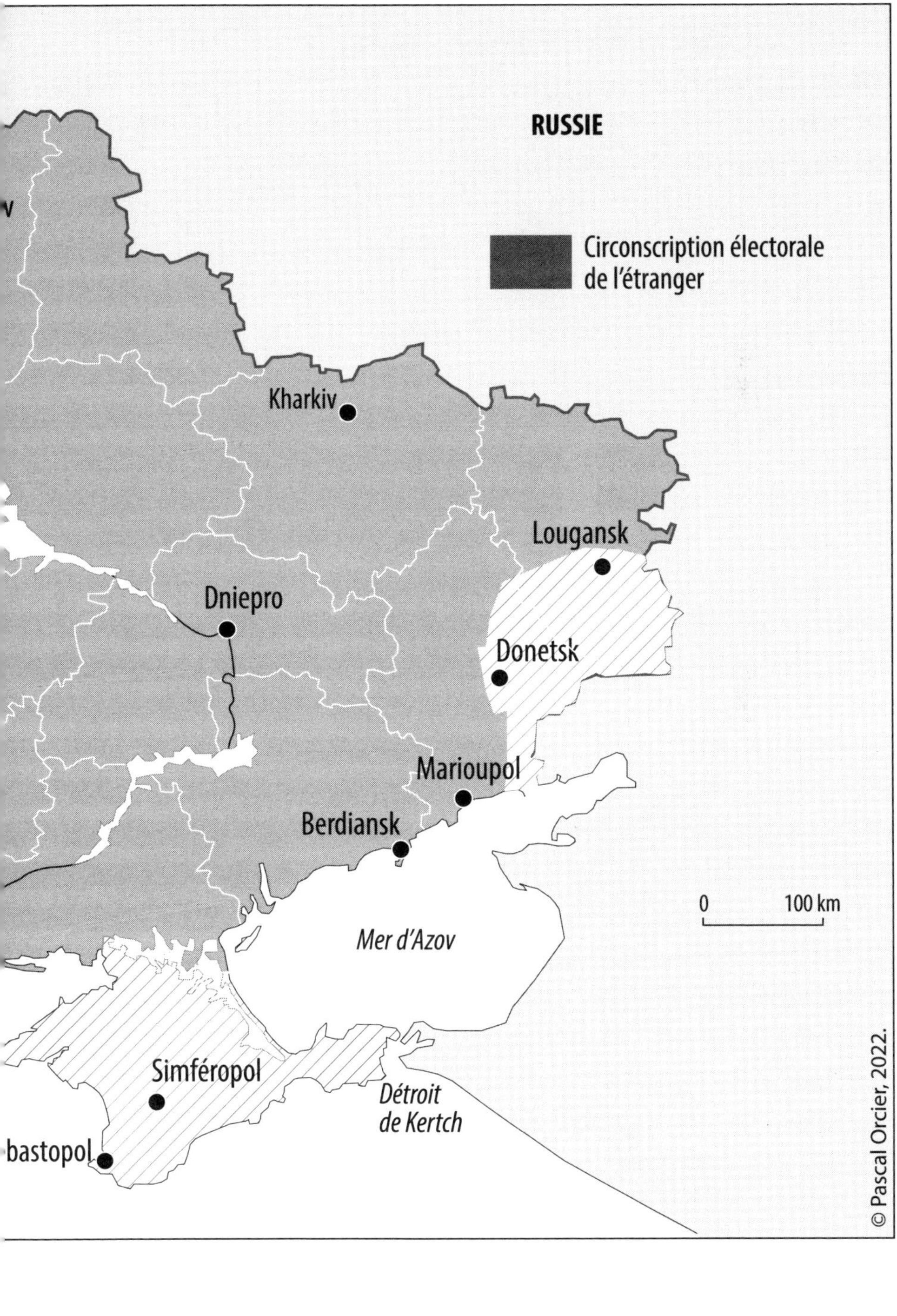
RUSSIE
Circonscription électorale de l'étranger
Kharkiv
Lougansk
Dniepro
Donetsk
Marioupol
Berdiansk
0
100 km
Mer d'Azov
Simféropol
Détroit de Kertch
bastopol
© Pascal Orcier, 2022.

# III. LES VOIES DE SORTIE DU DUEL

*La meilleure stratégie consiste à être toujours très fort d'abord en général, ensuite au point décisif. En dehors de l'effort nécessaire à la création des armées, qui ne dépend pas toujours du général, la loi suprême et la plus simple de la stratégie consiste à concentrer ses forces.*

Carl von Clausewitz, *De la guerre* (1832)

Dans un duel guerrier imposé par un agresseur, deux voies de sortie sont possibles : l'agresseur gagne ou bien il perd. Et dans ce cas, celui-ci peut être tenté par l'escalade.

## 1. L'UKRAINE PERD

Clausewitz note que la dispersion est préjudiciable et que c'est la concentration des forces qui permet de porter les coups les plus efficaces. Elle est donc favorable à la partie russe. Ce regroupement des forces russes a commencé au mois d'avril. La forte densité du réseau ferroviaire dans l'Est industriel est un atout pour elles. De plus, la frontière russe n'est qu'à une centaine de kilomètres alors que celle de la Pologne, d'où vient l'approvisionnement militaire, est à près de 1500 kilomètres par la route. L'extension des chaînes d'approvisionnement est donc défavorable à l'Ukraine. Ces trois éléments présentent un risque d'encerclement des forces armées ukrainiennes qui tiennent le front du Donbass.

Ce qui rend envisageable ce scénario catastrophe est l'intensification des actions militaires russes par des bombardements aveugles visant à infliger le maximum de dommages civils. Le recours au déluge de feu, selon la vieille tactique stalinienne de la « quantité », a déjà été utilisé par le nouveau commandant des forces russes en Ukraine, le général Alexandre Dvornikov[57]. Il commandait le district militaire du Sud (incluant le Donbass et le littoral de la mer d'Azov). Il supervisa l'intervention militaire aérienne russe en Syrie à partir de 2015, marquée par le pilonnage des zones civiles. La « syrianisation » du conflit se met donc en place, avec la destruction des infrastructures vitales, l'accent mis sur les centres urbains[58], l'asymétrie des moyens militaires employés, le recours aux milices[59] et, pour tous les pays voisins, une crise migratoire. Cette tactique du tapis de bombes non guidées a également déjà été employée par l'armée russe en Tchétchénie.

Cette guerre s'accompagne de mouvements forcés de population et l'Ukraine orientale est actuellement en train de se vider de sa population, y compris russophone, en direction de l'Ouest. On estime à plus de sept millions le nombre de personnes déplacées et plus de trois millions de réfugiés dans les pays voisins. 30 % ont quitté Kyïv, 20 % le Nord et 36 % l'Est. Plus de douze millions d'habitants seraient restés dans les zones de combat actuel et à venir, dans l'incapacité de partir selon l'Organisation internationale des migrations[60].

Faute de pouvoir contrôler l'ensemble de la vaste Ukraine, une partition est en cours. La seule incertitude est son ampleur : les deux oblasts du Donbass, objectif atteignable lors d'une seconde offensive durant l'été avec des moyens russes reconstitués ; la « Nouvelle Russie », selon la terminologie du président russe, soit un espace qui coïncide très exactement avec l'aire de la steppe ukrainienne, entre la vallée du Donetsk au sud de Kharkiv et celle du Dniestr, au sud d'Odessa ; enfin, la conquête de la totalité de la rive gauche du Dniepr. Si elle se déroulait avec succès, elle pourrait ensuite s'étendre dans l'ensemble du Donbass puis en direction de la boucle du Dniepr. Si la ville de Dniepro[61] était finalement assaillie, il serait tentant pour les forces russes de s'emparer de la plus grande partie de l'Ukraine située sur la rive gauche du Dniepr.

Une telle partition de l'Ukraine est bien entendu inacceptable pour les Ukrainiens. Mais c'est la méthode, suivie par la Russie, du soutien aux sécessions régionales débouchant sur des conflits dits « gelés » ou non résolus, depuis la Transnistrie moldave jusqu'à l'Abkhazie et l'Ossétie en Géorgie et entre l'Arménie et l'Azerbaïdjan. Cette politique du « diviser pour régner » en jouant sur des configurations ethniques complexes est malheureusement très efficace, car elle constitue un levier permanent d'ingérence. La politique stalinienne des nationalités perdure.

Projetons-nous le 9 mai 2022, date de la célébration de la victoire finale obtenue lors de la grande guerre patriotique en 1945. Le Kremlin annoncerait que plusieurs buts de guerre ont été atteints : un pays démilitarisé, le Donbass « libéré », deux étapes d'une guerre à succès limité. C'est conforme aux termes de la demande de reconnaissance de l'indépendance des deux entités séparatistes adressée au Kremlin par la Douma de Russie le 15 février qui devait s'appliquer à la totalité des deux territoires, qualifiés de Donbass historique – lequel inclut le Kouban, déjà rétrocédé à la Russie en 1923-1924. C'est donc un but de guerre minimal mais explicite. L'ampleur incommensurable des destructions et des victimes civiles pourrait conduire Kyïv à demander un cessez-le-feu, tout en se préparant à poursuivre une guerre de partisans. En aucune façon on ne pourrait trouver motif à lever les sanctions frappant la Russie.

## 2. L'UKRAINE NE PERD PAS

Pour Clausewitz, la défense est plus forte que l'offensive. Pour les Ukrainiens, la guerre est plus existentielle que pour les soldats russes ; ils sont dans une situation d'autodéfense où imposer sa volonté à l'ennemi consiste à résister à l'agresseur. À condition d'avoir des munitions. Il estime également que la victoire consiste à infliger une perte plus grande aux forces physiques et morales de l'adversaire et que l'aveu public en soit énoncé.

Autrement dit, le gagnant serait celui qui ne perd pas. Les forces morales sont plus grandes d'un côté que de l'autre, sans que l'on puisse en déduire l'effet sur le destin de la bataille. De plus, après huit années de tensions avec les forces séparatistes de l'Est, les militaires ukrainiens ont acquis une expérience militaire que n'ont pas leurs adversaires.

Les revendications russes sur le Donbass et la « Nouvelle Russie »
Brest
Gomel
Boug
BIÉLORUSSIE
Pripiat
POLOGNE
Jytomir
Kiev
Lviv
Oujgorod
Ivano-Frankivsk
Dniestr
Vinnitsa
Transcarpathie
Prout
Transnistrie
MOLDAVIE
Tiraspol
Chisinau
ROUMANIE
Odessa
Bessarabie
Reni
Crimée et ville de Sébastopol, annexés par la Russie en 2014
Territoire sous contrôle de rebelles pro-russes
"Nouvelle Russie" revendiquée par les rebelles pro-russes
Limite nord de la steppe

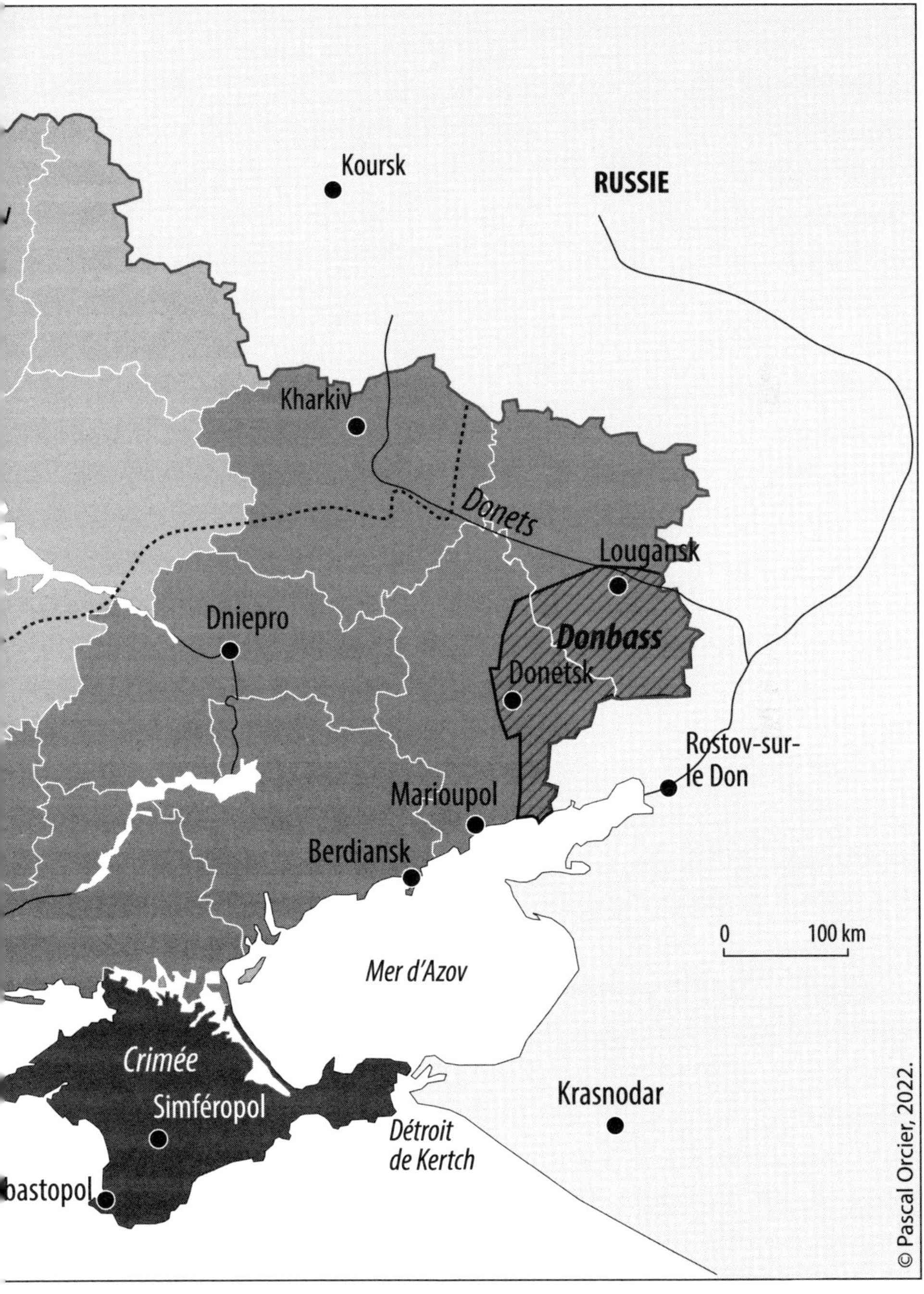

Koursk
RUSSIE
Kharkiv
Donets
Lougansk
Dniepro
Donbass
Donetsk
Rostov-sur-le Don
Marioupol
Berdiansk
0
100 km
Mer d'Azov
Crimée
Simféropol
Krasnodar
Détroit de Kertch
bastopol
© Pascal Orcier, 2022.

Si les forces armées russes ont progressé dans la partie centrale du Donbass, la ligne de front tenue depuis huit ans par des forces ukrainiennes expérimentées résiste, avec l'apport d'armements occidentaux et tout le renseignement américain et britannique requis. C'est le secteur le plus fortifié d'Ukraine avec les troupes les plus aguerries. Le pays tient jusqu'au 9 mai et au-delà, avec l'apport de plus en plus important des matériels létaux envoyés par les alliés de l'OTAN, prudents mais toujours plus mobilisés.

Le pouvoir russe estime nécessaire de reconstituer ses moyens et prépare une nouvelle offensive prévue pour l'été. Dans l'intervalle, les effets des sanctions se font sentir en Russie, la contestation gronde et plusieurs pays insistent pour consolider des canaux diplomatiques. Négocier peut donc être un leurre, pour gagner du temps afin de reconstituer des forces. Il reste pourtant nécessaire de garder une forme de contact avec le pire adversaire, comme l'on parle au diable avec une grande cuillère[62].

Qui négocie ? Les pourparlers en cours sous les auspices de la Turquie, puissance régionale, se déroulent entre deux chefs de délégation à la culture et aux positions complètement opposées. D'un côté, Vladimir Medinski, 52 ans, chef de la délégation russe, est un historien ultranationaliste. Ministre de la Culture de 2012 à 2020, il a contribué à réhabiliter Staline et jugé que la kalachnikov incarnait les meilleurs traits de l'homme russe. S'il est considéré comme un personnage politique de second ordre, on le dit influent sur la relecture de l'histoire de la Russie par le président Poutine. De l'autre, Mykhaïlo Podolyak, 50 ans, homme de confiance du président Zelensky, médecin formé à Minsk, proche de l'opposition biélorusse et chargé de la communication du bureau présidentiel. Son premier objectif est un accord portant sur un cessez-le-feu, le retrait des troupes d'occupation et surtout des assurances réalistes de sécurité. En face, on exige l'acceptation du fait accompli dans les territoires occupés[63].

Quels sont les acquis ? *De facto*, le Kremlin a déjà obtenu provisoirement le renoncement du gouvernement ukrainien à une adhésion à l'OTAN et une démilitarisation partielle par la destruction de nombreux sites militaires. La négociation sérieuse qui pourrait s'ouvrir après un cessez-le-feu porterait sur les garanties internationales de sécurité d'un statut adapté de neutralité. Un pays peut-il être souverain sans des capacités militaires propres ? L'autre contentieux porte sur la reconnaissance de l'annexion de la Crimée, fait accompli, et du Donbass, qui lui est inacceptable. Ce scénario suppose des protagonistes rationnels à Moscou, capables d'une véritable solution diplomatique, même partielle.

## 3. LA RUSSIE ET L'OPTION DE L'ESCALADE

Si l'agressé reçoit un concours extérieur décisif – en l'occurrence, un engagement matériel accru de plusieurs pays de l'OTAN – rendant impossible une victoire, l'agresseur en difficulté peut s'effondrer ou monter aux extrêmes, selon une logique d'escalade, déjà annoncée par le Kremlin, à des fins dissuasives pour l'instant.

Or, l'aide en matériels militaires de la part des alliés occidentaux à l'Ukraine est tout à fait considérable et s'accélère. Elle vise à équiper les forces ukrainiennes contre l'artillerie et l'aviation russe : missiles de défense anti-aérienne Stinger américains, drones turcs, canons anti-char suédois, chars tchèques, missiles anti-char américains Javelin et français Milan. Tous les pays européens y contribuent, y compris les neutres (Finlande et Suède). Et les anciens pays satellites de l'URSS livrent des matériels anciens – de type missiles S-300 détenus par la Slovaquie, la Bulgarie et la Grèce – ou chars T-90 – que les Ukrainiens sont formés à utiliser. Jamais les alliés ne s'étaient autant engagés en faveur d'un pays non-membre de l'Alliance.

Ces livraisons d'armes ne font pas des pays occidentaux des belligérants mais Moscou a déjà averti l'OTAN qu'il pourrait avoir à en « supporter les conséquences ». Rappelons ici une des conclusions du président de la Fédération de Russie le 24 février 2022 pour justifier l'ordre d'entrée en guerre : « Maintenant, quelques mots importants, très importants pour ceux qui pourraient être tentés de l'extérieur d'interférer dans les événements qui se déroulent. Quiconque tente d'interférer avec nous, et encore moins de mettre en danger notre pays et notre peuple, doit savoir que la réponse de la Russie sera immédiate et vous conduira à des conséquences auxquelles vous n'avez jamais été confrontés dans votre histoire. Nous sommes prêts à faire face à tout développement d'événements. Toutes les décisions nécessaires ont été prises à cet égard. J'espère que je serai entendu[64]. »

Ces déclarations doivent être prises au sérieux. Le risque d'une confrontation directe avec un pays frontalier de l'Ukraine, par où transitent les flux d'armement, la Pologne, est tout à fait envisageable et, à ce jour, probable. Moscou escompte sans doute que l'article 5 de l'Alliance atlantique ne s'appliquerait pas. Il est le fondement de la défense collective de l'Alliance et implique qu'une attaque contre un de ses membres serait considérée comme une attaque dirigée contre tous les alliés. Européens et Américains ont multiplié les gestes clairs à l'égard du Kremlin.

Il serait donc prudent, à mon sens, d'intégrer cette option de montée aux extrêmes dans les scénarios, à la suite d'un mauvais calcul du dirigeant russe jugeant que les États-Unis n'ont pas vraiment intérêt à s'engager dans la défense de leurs alliés européens. C'est dans la logique du duel en cours, qui dépasse la seule nation ukrainienne et pourrait affecter l'Europe centrale, donc l'Union européenne dans son ensemble. Le régime déliquescent du pouvoir personnel poutinien survivrait-il à la catastrophe qu'il aurait provoquée ?

*Lorsque je serai mort creusez ma tombe là*
*Où s'étend, large, immense, la steppe en Ukraine*
*Pour que je voie les champs se couvrir de semences,*
*Pour que je puisse entendre gronder le Dniepr sauvage*[65].

Taras Chevtchenko, *Testament*, 1845

MICHEL FOUCHER

13 AVRIL 2022

## NOTES

1. Michel Foucher, *Fragments d'Europe. Atlas de l'Europe orientale et médiane*, Fayard, 1993 ; *Le Continent retrouvé*, avec Jean-Yves Potel, l'Aube, 1998.

2. Propos recueillis par Jacques Rupnik et Martin Plichta, *Le Monde*, 23 février 2005.

3. La révolution *dite* Orange (18-23 février 2004) évoque la couleur des banderoles des partisans du futur président ukrainien Viktor Iouchtchenko, soutenu par les États-Unis et élu lors d'un second tour d'une élection contestée par le perdant, appuyé par Moscou, Viktor Ianoukovitch, premier ministre. Voir ci-dessus la carte électorale de l'Ukraine en 2004, p. 38-39.

4. « La "révolution orange" n'est pas une révolution contre le communisme mais contre le postcommunisme dans le mauvais sens du terme, un postcommunisme mafieux. Après la révolution géorgienne, la "révolution orange" est un nouvel exemple de processus de purification dans la voie vers la démocratie. » (Václav Havel, *Le Monde*, 23 février 2005.)

5. En biélorussien, selon l'usage des institutions européennes.

6. L'indépendance de l'Ukraine a été proclamée par le Parlement de Kiev le 24 août 1991 et approuvée par 90 % des électeurs lors du référendum du 1er décembre 1991.

7. En ukrainien.

8. Entretien avec le directeur général des affaires politiques et de sécurité du ministère des Affaires étrangères.

9. Zbigniew Brzezinski, *The Great Chessboard : American Primacy and Its Geostrategic Imperatives*, Basic Books, 1997.

10. Titre original : *The Democratic Bridgehead. Beyond 2010 : The Critical Core of European Security.*

11. Justin Vaïsse, *Zbigniew Brzezinski, Stratège de l'empire*, Odile Jacob, 2016.

12. *Ukraine in the World, Studies in International Relations and Security Structure of a Newly Independent State*, Brzezinski et Tarasyuk, vol. 20, Harvard Ukrainian Research Institute, 1996.

13. Rappelons que la République des Deux Nations, État formé par l'union du royaume de Pologne et du grand-duché de Lituanie, avait régné sur l'espace ukrainien situé à l'ouest du Dniepr de 1569 à 1795.

14. Hélène Carrère d'Encausse, « La Russie désormais partenaire », *Le Figaro*, 9 juillet 1997.

15. Du nom de l'offensive hitlérienne contre l'URSS lancée le 22 juin 1941, en référence à l'empereur Frédéric Barberousse.

16. Halford John Mackinder définissait l'Eurasie comme un pivot géographique de contrôle du monde. La stratégie américaine du « *containment* » formalisée par George Kennan en 1945, consistant à encercler l'Union soviétique sur les approches maritimes de l'Eurasie, de la Norvège à la Turquie et au Japon, en fut l'application concrète. La thèse inspire la vision chinoise de contrôle de l'Eurasie par les fameuses « routes de la soie » (Yidai Yilu).

17. Entretiens avec d'anciens attachés français de défense en Russie.

18. Antoine de Jomini, 1779-1869.

19. Fusillé sur ordre de Staline en 1938, mais lu en cachette par Gueorgui Joukov, le « maréchal de Staline ».

20. Vladimir Triandafillov, 1894-1931.

21. Pour Fiodor Loukianov, spécialiste des relations internationales et rédacteur en chef de la revue *Russia in Global Affairs*, « la solution aux tensions actuelles en Europe passe par une redéfinition de l'ordre mondial d'après-guerre froide » (Benoît Viktine, *Le Monde*, 6 décembre 2021).

22. « Russia cannot afford to lose, so we need a kind of a victory », *The New Statesman*, 2 avril 2022.

23. Ce format tripartite de dialogue a été imaginé par Roland Dumas, ministre français des Affaires étrangères, à la demande de Hans-Dietrich Genscher, son homologue allemand, natif de Weimar (Thuringe), pour accompagner l'ouverture réconciliatrice de l'Allemagne envers la Pologne.

24. Bronislaw Geremek enseignait l'histoire de l'Europe au Collège d'Europe de Natolin à Varsovie quand j'enseignai sa géographie politique, tous deux en langue française.

25. Entretien en marge du Forum de Bakou (28-29 avril 2015) portant sur la politique européenne de voisinage et la Russie.

26. Georges Mink et Laure Neumayer, *L'Europe et ses passés douloureux*, La Découverte, 2007 (actes du colloque tenu au Centre culturel français de l'Ambassade de France à Riga, 2005).

27. Jerzy Giedroyć (1906-2000) a bénéficié de l'appui décisif d'André Malraux et de Charles de Gaulle (ancien attaché militaire à Varsovie). *Les Cahiers d'histoire*, trimestriels, publiés de 1962 à 2010, complétaient la revue *Kultura*, voies d'accès privilégiées aux œuvres de l'autre Europe (Milosz, Gombrowicz, Brodsky…).

28. *Les Frontières de l'Europe. Dialogue entre Michel Foucher et Bronislaw Geremek*, Varsovie. Ce dialogue s'était déroulé le 5 février 1992 autour d'une

interrogation centrale : comment réorganiser le continent européen touché par le souffle libérateur d'une Histoire positive? Cette conversation entre un historien, homme d'action, et un géographe anticipe les questions qui structurent la reconstruction européenne depuis 1989. Le texte a été repris en juillet 2008 par la Fondation Robert-Schuman.

29. J'avais préparé avec lui, en mai 1989 à Varsovie, la partie non officielle du voyage de François Mitterrand à Gdansk le mois suivant auprès de Lech Walesa.

30. Ośrodek Studiów Wschodnich, fondé et dirigé par l'historien Marek Karp (1991-2004).

31. Gilles Lepesant (coord.), Juliane Besters-Dilger, Natalya Boyko et James Sheer, *L'Ukraine dans la nouvelle Europe*, CNRS éditions, 2005.

32. À l'exception de quelques sanctions après l'annexion de la Crimée (2014). C'est pour avoir dénoncé la politique russe de Poutine lors de la deuxième guerre de Tchétchénie (1999-2009) et critiqué le régime de Ramzan Kadyrov que la journaliste et militante des droits de l'homme, Anna Politkovskaïa, a été assassinée en 2006, sur ordre de ce dernier.

33. Andreï Gratchev, *Le jour où l'URSS a disparu*, Éditions de l'Observatoire, novembre 2021.

34. D'autres liens matrimoniaux avec les maisons régnantes d'Europe s'en suivirent, comme l'union entre Henri Ier et la princesse Anne de Kiev.

35. Andreas Kappeler, *Petite histoire de l'Ukraine*, Institut d'études slaves, 1997.

36. *Ibid.*, p. 12

37. Au recensement de l'empire de 1897, le premier et le seul jamais réalisé, sur un critère ethnolinguistique où la langue maternelle définissait la « nationalité », les Ukrainiens comptaient 52,4 % de la population, les Russes 28,7 %, ainsi que des Grecs, des Allemands, des Juifs et des Tatars. Ce tableau servit de base à la politique des « nationalités » de Lénine et de Staline.

38. Par exemple, la formation de divisions Waffen SS en Galicie ou dans les pays Baltes occupés.

39, Omer Bartov, *Anatomie d'un génocide*, Plein Jour, 2021, Fondation pour la mémoire de la Shoah.

40. Comme le rappelle Timothy Snyder, auteur de *Terres de sang* (Gallimard, 2012). « Moscow's denial of Ukrainian statehood carries dark historical echoes » (*Financial Times*, 24 février 2022).

41. Il n'y a pas de troupes de ce pays en Ukraine et des déplacements ferroviaires des troupes russes ont été perturbées par des cyber attaques d'opposants à l'agression russe.

42. Discours devant le Parlement de la Fédération de Russie, 25 avril 2005.

43. Théorie considérant que la Russie et ses voisins slaves et orthodoxes constituent une unité continentale singulière, l'Eurasie, non pas par regroupement des deux continents mais comme une aire intermédiaire en intersection avec les deux.

44. Jean Radvanyi et David Teurtrie, « La Russie, des territoires en recomposition », Géo confluences ENS Lyon, 15 septembre 2009.

45. Propos recueillis par Michel Eltchaninoff, *Philosophie Magazine*, 24 février 2022.

46. Cette stratégie a été formulée dans un « long télégramme » diplomatique rédigé à l'ambassade des États-Unis à Moscou en février 1946. Il fut complété en 1947 d'un article de clarification, signé « X ». Ils ont été le fondement de l'approche russe pendant presque toute la durée de la guerre froide.

47. Nikolaï Danilevski, *La Russie et l'Europe*, manifeste publié en 1871 qui soutient la thèse de l'affrontement inéluctable entre les deux cultures.

48. Entretiens (voir note 17).

49. Voir Serhii Plokhy, *Les Portes de l'Europe, une histoire de l'Ukraine*, Basic Books, 2015. Serhii Plokhy est professeur d'histoire ukrainienne à Harvard.

50. Andreas Kappeler, *op. cit.*, p. 37. Du même auteur : *Ungleiche Brüder : Russen und Ukrainer vom Mittelalter bis zur Gegenwart*, C.H. Beck Verlag, München, 2017.

51. Immo Rebitschek, Historisches Institut, Friedrich-Schiller-Universität Jena, commentaire du livre de Kappeler, H/Soz/Kult, 15 mars 2022.

52. Voir note 14.

53. Wojciech Konończuk, *Keystone Of The System. Old And New Oligarchs In Ukraine*, Point of View n° 59, OSW, Warsaw, August 2016.

54. Zbigniew Brzezinski déclara à cette occasion : « La Russie saura plus certainement rompre avec son passé impérialiste si les pays post-soviétiques nouvellement indépendants sont stables et dynamiques. Leur vitalité tempèrera toutes tentatives impérialistes russes. Le soutien politique et économique à ces États doit faire partie d'une stratégie plus large pour intégrer la Russie dans un système de coopération transcontinentale. Une Ukraine souveraine est un élément crucial d'une telle politique, tout comme l'est le soutien à des États pivots comme l'Azerbaïdjan et l'Ouzbékistan. »

55. Il s'agit des deux accords de Minsk de 2014 et 2015. Le diplomate français Pierre Morel, chargé d'en animer le comité politique, y consacra plus d'un millier d'heures de discussions en langue russe et effectua cent soixante voyages à Minsk, à Kiev et dans le Donbass. La diplomate Sylvie Bermann lui succéda en 2021, jusqu'au 24 février 2022 (entretiens en mars 2022).

56. Dans la série télévisée « Serviteur du peuple » qui l'a fait connaître, Volodymyr Zelensky incarnait un professeur de lycée accédant de façon inattendue à la présidence de l'Ukraine. C'était en 2015. Le titre de l'émission est devenu celui de son programme de campagne en 2019.

57. Confirmation par le Pentagone le 9 avril 2022. Une analyse quotidienne des théâtres d'opération est fournie par l'Institute for the Study of War (Washington), le Center for Naval Analyses (Arlington) et Jomini for the West. Voir également la chronique du colonel Michel Goya, « Le Grand Continent » (Groupe d'études géopolitiques, ENS Ulm Paris).

58. Le consul de Grèce a comparé la destruction de Marioupol, ville ukrainienne russophone, à celle de Guernica.

59. Et à des unités de soldats bouriates et mongols. Rémi Ourdan, *Le Monde*, 10-11 avril 2022.

60. Rapport du 21 mars 2022.

61. C'est à Poltava, située entre les villes actuelles de Dniepro et de Kharkiv, que Pierre le Grand vainquit en juillet 1709 Charles XII, roi de Suède, grande puissance européenne qui ne s'en releva pas. Vladimir Poutine le pétersbourgeois, qui a une statue de Pierre le Grand dans son bureau du Kremlin, connaît par cœur cet épisode fondateur de la Russie tsariste.

62. Pierre Grosser, *Traiter avec le diable ? Les vrais enjeux de la diplomatie au XXI^e siècle*, Odile Jacob, octobre 2013.

63. Les avancées pourraient être confirmées par Sergueï Lavrov, 72 ans, le redoutable ministre russe des Affaires étrangères depuis 2004, ancien représentant permanent de la Russie aux Nations-Unies, et Dmytro Kuleba, 41 ans, ancien représentant de l'Ukraine au Conseil de l'Europe et ancien vice-premier ministre pour l'intégration européenne et euro-atlantique ; il incarne une nouvelle génération grandie à l'ère post-soviétique et clairement tournée vers l'Europe et les États-Unis. Là également, un antagonisme complet des points de vue, des expériences et des références.

64. Dans la doctrine russe, le nucléaire tactique est une arme d'emploi.

65. Cité par Andreas Kappeler, *op. cit.*, p. 31

## DANS LA COLLECTION « TRACTS/GALLIMARD »

**Nº 1** RÉGIS DEBRAY, **L'EUROPE FANTÔME**, FÉVRIER 2019
**Nº 2** ERRI DE LUCA, **EUROPE, MES MISES À FEU**, MARS 2019
**Nº 3** PIERRE BERGOUNIOUX, **FAUTE D'ÉGALITÉ**, MARS 2019
**Nº 4** FRANÇOIS GARDE, **LA POSITION DES PÔLES**, AVRIL 2019
**Nº 5** DANIÈLE SALLENAVE, **JOJO, LE GILET JAUNE**, AVRIL 2019
**Nº 6** CYNTHIA FLEURY, **LE SOIN EST UN HUMANISME**, MAI 2019
**Nº 7** SYLVIANE AGACINSKI, **L'HOMME DÉSINCARNÉ**, JUIN 2019
**Nº 8** FRANÇOIS SUREAU, **SANS LA LIBERTÉ**, SEPTEMBRE 2019
**Nº 9** HÉLÉ BÉJI, **DOMMAGE, TUNISIE**, OCTOBRE 2019
**Nº 10** ARTHUR DÉNOUVEAUX & ANTOINE GARAPON, **VICTIMES, ET APRÈS ?**, NOVEMBRE 2019
**Nº 11** RENÉ FRÉGNI, **CARNETS DE PRISON**, DÉCEMBRE 2019
**Nº 12** STÉPHANE VELUT, **L'HÔPITAL, UNE NOUVELLE INDUSTRIE**, JANVIER 2020
**Nº 13** DIDIER DAENINCKX, **MUNICIPALES. BANLIEUE NAUFRAGÉE**, FÉVRIER 2020
**Nº 14** ARUNDHATI ROY, **AU-DEVANT DES PÉRILS**, MARS 2020
**Nº 15** OLIVIER REY, **L'IDOLÂTRIE DE LA VIE**, JUIN 2020
**Nº 16** PATRICE FRANCESCHI, **AVEC LES KURDES**, JUILLET 2020
**Nº 17** ÉTIENNE KLEIN, **LE GOÛT DU VRAI**, JUILLET 2020
**Nº 18** PHILIPPE FOREST, **L'UNIVERSITÉ EN PREMIÈRE LIGNE**, SEPTEMBRE 2020
**Nº 19** NAJAT VALLAUD-BELKACEM & SANDRA LAUGIER, **LA SOCIÉTÉ DES VULNÉRABLES**, SEPTEMBRE 2020
**Nº 20** OLIVIER ASSAYAS, **LE TEMPS PRÉSENT DU CINÉMA**, OCTOBRE 2020
**Nº 21** RENAUD GIRARD & JEAN-LOUP BONNAMY, **QUAND LA PSYCHOSE FAIT DÉRAILLER LE MONDE**, OCTOBRE 2020
**Nº 22** DIDIER LESCHI, **CE GRAND DÉRANGEMENT**, NOVEMBRE 2020
**Nº 23** BARBARA STIEGLER, **DE LA DÉMOCRATIE EN PANDÉMIE**, JANVIER 2021
**Nº 24** FABRICE HUMBERT, **LES MOTS POUR LE DIRE**, FÉVRIER 2021
**Nº 25** ALESSANDRO BARICCO, **CE QUE NOUS CHERCHONS**, MARS 2021
**Nº 26** CHRISTIAN THOREL, **ESSENTIELLES LIBRAIRIES**, AVRIL 2021
**Nº 27** PHILIPPE VIDELIER, **PLAIDOYER POUR LES CHIENS, BÂTARDS, FILS DE CHIENNES**, AVRIL 2021
**Nº 28** XAVIER GORCE, **RAISON ET DÉRISION**, MAI 2021
**Nº 29** NATHALIE HEINICH, **CE QUE LE MILITANTISME FAIT À LA RECHERCHE**, MAI 2021
**Nº 30** GÉRARD PRUNIER, **CADAVRES NOIRS**, JUILLET 2021
**Nº 31** STÉPHANE VELUT, **LA MORT HORS LA LOI**, OCTOBRE 2021
**Nº 32** VINCENT DUCLERT, **PREMIERS COMBATS**, NOVEMBRE 2021
**Nº 33** ALAIN BADIOU, **REMARQUES SUR LA DÉSORIENTATION DU MONDE**, JANVIER 2022
**Nº 34** COLLECTIF, **ZEMMOUR CONTRE L'HISTOIRE**, FÉVRIER 2022
**Nº 35** HUGO MICHERON, **JIHADISME EUROPÉEN**, MARS 2022
**Nº 36** ÉRIC ALT & ÉLISE VAN BENEDEN, **RÉSISTER À LA CORRUPTION**, MARS 2022
**Nº 37** BARBARA STIEGLER & FRANÇOIS ALLA, **SANTÉ PUBLIQUE ANNÉE ZÉRO**, MARS 2022
**Nº 38** WILLIAM BOURDON & VINCENT BRENGARTH, **VIOLENCES POLICIÈRES**, AVRIL 2022

## GRAND FORMAT « TRACTS/GALLIMARD »

RÉGIS DEBRAY, **LE SIÈCLE VERT**, JANVIER 2020
JEAN-NOËL JEANNENEY, **VIRUS ENNEMI**, JUIN 2020
ALICE KAPLAN, **TURBULENCES, USA**, OCTOBRE 2020
DANIÈLE SALLENAVE, **PAROLE EN HAUT SILENCE EN BAS**, JANVIER 2021
ALAIN BORER, **« SPEAK WHITE ! »**, AVRIL 2021

## HORS SÉRIE « TRACTS/GALLIMARD »

COLLECTIF, **TRACTS DE CRISE**, JUIN 2020

À l'heure du soupçon, il y a deux attitudes possibles. Celle de la désillusion et du renoncement, d'une part, nourrie par le constat que le temps de la réflexion et celui de la décision n'ont plus rien en commun ; celle d'un regain d'attention, d'autre part, dont témoignent le retour des cahiers de doléances et la réactivation d'un débat d'ampleur nationale. Notre liberté de penser, comme au vrai toutes nos libertés, ne peut s'exercer en dehors de notre volonté de comprendre.

Voilà pourquoi la collection « Tracts » fera entrer les femmes et les hommes de lettres dans le débat, en accueillant des essais en prise avec leur temps mais riches de la distance propre à leur singularité. Ces voix doivent se faire entendre en tous lieux, comme ce fut le cas des grands « tracts de la NRF » qui parurent dans les années 1930, signés par André Gide, Jules Romains, Thomas Mann ou Jean Giono – lequel rappelait en son temps : « Nous vivons les mots quand ils sont justes. »

Puissions-nous tous ensemble faire revivre cette belle exigence.

ANTOINE GALLIMARD

TRACTS

**CE TRACT**, COMPOSÉ EN TUNGSTEN ET CASLON,
A ÉTÉ ACHEVÉ D'IMPRIMER PAR NORMANDIE ROTO IMPRESSION S.A.S.
EN JUIN 2022, À LONRAI EN FRANCE SUR UN PAPIER CERTIFIÉ PEFC
PROVENANT DE FORÊTS DURABLEMENT GÉRÉES.

PEFC 10-31-2541
Certifié PEFC
pefc-france.org

**DÉPOT LÉGAL : JUIN 2022**
**PREMIER DÉPOT LÉGAL : MAI 2022**
**Nº ÉDITION : 549433 / Nº IMPRIMEUR : 2202960**